白家の冷酷若様に転生してしまった2

白碧玉　はくへきぎょく
道術を使って魔を祓う祓魔業を生業とする一族・白家の総領息子。実は、前世の記憶があり、自分が義弟に殺される運命にある小説のキャラクターだと知っている。
白天祐　はくてんゆう
白碧玉の義弟。碧玉とは従兄弟だが、祓魔の才能に恵まれていることなどを理由に白家本家の養子となる。

崔白蓮《さいびゃくれん》
格の高い道士で、
碧玉と天祐や白家門下生の
道術の師匠。
天治帝《てんじてい》
碧玉が仕えていた帝で、
歪んだ欲望から彼に毒薬
を飲ませた。現在は故人。
灰炎《かいえん》
碧玉の傍仕え。
碧玉が気を許せる唯一の
人物でもある。
白青炎《はくせいえん》
碧玉の父。現在は故人。
穏やかかつ公平な性格で、
碧玉に尊敬されている。
天祐は青炎の弟の子ども。

目次

狐はだれだ　7
空蝉《うつせみ》を恋《こ》ふ　195
白狐は陽だまりでまどろむ　267

狐はだれだ

狐はだれだ

その日の午後、白碧玉《はくへきぎょく》は濡れ縁に座り、庭を眺めながら、のんびりと茶を楽しんでいた。

木々の葉は赤や黄に染まり、秋の到来を告げている。この頃、風に冷たさがまじり始めたが、日中はまだ汗ばむような陽気が続いていた。

「主君、梨はいかがですか。今年のものは甘く、上出来だそうですよ」

灰炎《かいえん》が膳を運んできた。その上には、一口大に切り分けた梨がのった皿が置かれている。

碧玉が天治帝《てんじてい》から賜死《しし》を受ける前は、灰炎は碧玉を名前や宗主で呼んでいた。配下が上位の者の名前をむやみに呼ぶのは不敬なこととされているが、幼い頃から傍仕えをしていて親しいため、碧玉が許していたことだ。しかし、今は世間的には、碧玉はすでに死んだ身だ。誰かに名前を呼ぶのを聞かれて困ったことにならないように、主君へと呼び改めた。

「見るからに上物だな」

碧玉はさっそく梨を口に運ぶ。みずみずしく、甘ずっぱい。

「確かに美味だ。お前も食べてみよ」

「それでは失礼して。ほう、これは美味い。滅多に褒めない料理番の親父さんが、おすすめするだけはありますね」

美味い茶と季節の果実を楽しんでいるところへ、白天祐《はくてんゆう》が足早にやって来た。

「天祐、ちょうどいい時に来た。お前も梨を……」

「兄上！」

あいさつするなり、天祐が大きな声を出す。碧玉は眉をひそめた。しかし、碧玉が騒がしいと注意する前に、天祐は碧玉の傍らに正座して、まるで浮気を目撃した亭主みたいな態度で詰め寄ってくる。

「兄上、いったいいつの間に親友なんてできたんですか！　俺、知りませんでした！」

碧玉は天祐をきょとんと眺めてから、わずかに首を傾げる。灰炎へと一瞥を寄こした。

「聞いたか、灰炎。私に親友がいるらしいぞ」

「これはこれは。長らくお傍におります私も初耳ですな、主君」

灰炎の声には、面白がる調子がにじんでいる。

白家の利益が第一で、家族以外では、領の損得が判断基準である碧玉に、友などいるはずがない。

そもそも碧玉は冷たい性格をしているので、家人ですら適切な距離を保っている。

「黒紫曜《こくしよう》殿ですよ」

天祐は名をあげて、手紙を見せる。

「ああ、紫曜か」

その名を聞いたのは、随分久しぶりだ。碧玉は誰のことだか分かって納得し、すぐに眉をひそめた。

「あやつ、私が死んだからと、また調子の良いことを適当に言っているな」

灰炎が天祐に事情を教える。

「天祐殿、確かに黒紫曜殿は碧玉様の幼馴染ではございますが、どちらかというと、腐れ縁のようなものですよ。黒家の次期宗主候補なので、交流があっただけのこと」

「灰炎の言う通りだ。いったい何を書いて寄こした？　どうせ厄介事を持ちこんだのだろ。あやつは昔から、都合が悪い時にこそ口が達者になる」

碧玉と灰炎がそろって迷惑そうにしているのを見て、天祐は落ち着きを取り戻す。

「厄介事といえば、確かにその通りですが……。黒紫曜殿なんて方、白家にいらっしゃったことがございますか？」

「ああ。行事があれば顔を出すぞ。お前の元服の時も、黒宗主の代理で顔を出したはずだ。顔を見れば分かるだろう。黒家はたいてい、黒髪に紫眼だ」

それでようやく、天祐は誰か思い出したようだ。

「……あ！　青炎《せいえん》様のご友人のご子息ですか？」

「それだ。現宗主の黒輝《こくき》殿は、父上とは親しくされていたのだ。忙しい中、葬式にも来てくれた。父上は私よりも交友関係が広かったのでな」

父・青炎は公平で穏やかな人柄だったので、白家の内外問わず慕われていたものだ。

黒家の領地は白家の東隣に位置しているし、黒輝と友人なのもあって、青炎は積極的に交流をしていた。白家と黒家の生業が似ているのも理由だ。

白家は、符呪術を得意として、修業で霊力を高めて妖邪退治をしたり、風水を扱ったりするのを専門とした道士が集まっている。一方で、黒家は霊力を神降ろしに使う巫術《ふじゅつ》を得意としている。彼らも霊力を高めればある程度の妖邪退治はできるが、白家ほど強くはない。占いのほうが専門だ。その代わり、神がかりの儀式中は無防備になる魂を守るために、結界術が発展している。白家が攻撃、黒家は防御を得意としているという違いがあった。

「しかし、兄上とそれほど親しくお話しされていた覚えはございませんが」

「あやつはおおむねは害の無い男だが、調子の良いことを適当に言うところが、私は嫌いだった」

「……なるほど」

天祐は一つ頷いた。碧玉が軽薄な輩《やから》をことさら嫌っているのを知っているからだろう。

「手紙を読まずとも分かるぞ。どうせ、『先代の親友であったことに免じて、助けていただきたい』とかなんとか言って、慈悲をこうているのだろうよ」

「まさしくその通りです、兄上」

天祐はそう言って、手紙を差し出した。碧玉は高級紙に書かれた流麗な文字に視線を向ける。女手を思わせる美麗な字だけは、当時から称賛していたことを思い出した。

「黒家に怪異の問題が起きていて困っているが、内政不安がばれると民が動揺するため、内密に処理したいわけだな。あやつがこの屋敷までわざわざ訪ねてくる、と」

碧玉はふっと意地悪く笑う。

「天祐、宗主として紫曜に会ってやるといい。そして、こう質問してやれ。『親友でしたなら、どうしてあの時、兄上にご助力くださらなかったのか』と。あやつが狼狽して冷や汗をかく様子が目に浮かぶ」

悪い顔をして、くっくっと喉奥で笑う碧玉に、灰炎が同調する。

「それはよろしいですね、主君」

灰炎も面白がって、にやにやしている。

「確かに、その通りです。あの頃、宮廷では黒家の者を見かけませんでしたが、この言葉はかちんときます」

天祐はすっと目を細めた。碧玉を死に追いこんだ者に、天祐は怨霊を使って祟り殺すという仕返しをして、全員破滅させたのだ。

（おっと、一応、口添えしておかねば、紫曜まで殺されるかもしれぬな）

碧玉は調子の良いことを言う幼馴染をからかうつもりだっただけだが、根が素直な天祐は鵜呑みにしかねない。

「手紙に書かれている問題とやらのせいで、領から離れられなかったのではないか？　黒家も、白家と同じく、宮廷には滅多に顔を出さぬほうだ。昔から黒家は巫術《ふじゅつ》に長け、法具や道具作りの技術師でもあるからな。どこが面白いのだかよく分からぬものを研究するのを喜びとしているが、あれでなかなか腕が良い。我が家でも、昔から世話になっている」

「つまり、白家とは仲が良いのですか？」

天祐の問いについて、碧玉は少し考えこむ。結局、首を横に振った。

「さてなあ。昔から、家でも領地でも、隣の者とは仲が良いか悪いかしかないと俗にいうだろう。父上の代では、良好だったが……」

黒家のことを思い出すと、どうしても碧玉の声には苦いものが含まれる。

「兄上は？」

「私の代でも白家は黒家にとって上等な顧客であっただろうが、両親が黒家の宴席で亡くなった件もあって、疎遠だったな。それに、私は妖邪退治に出かけてばかりで、外交はさほどしておらぬ。他領の問題を解決してやったのだから、黒家のみならず皆、私に恩は感じているはずだが……」

結果として、宮廷では誰も碧玉を助けようとしなかったのだから、恩を着せ過ぎて負担を感じていたのかもしれない。ほどこしが過ぎると恨みを買うこともあるのだから、人間関係というのは厄介極まりない。

「ええと、では、黒紫曜は善人なのですか？」

そんな問いを投げかける天祐を、碧玉はじっと見据える。

「それは人柄の問題か？　世間の評判か？」

「人柄のことです」

「個人で見れば善人かもしれぬが、それがいったいなんだというのだ。奴が黒家では良い人間でも、白家に対してそうとは限らぬ。あれで馬鹿ではないし、腹が読めぬ時もあるゆえ、扱いやすくはない」

碧玉は皮肉っぽく口をひん曲げる。

「それに善人というのがお人好しという意味なら、私は関わりたくない。親切といえば聞こえが良いが、そういう輩《やから》は何かと問題を拾ってくるものだからな。そして援助を断れば、『冷たい奴だな。お前には優しさというものはないのか！』などと、うるさいことを言ってくる。それで、いさかいの板挟みになって調停に奔走するような、面倒なことになるくらいなら、私は冷たい人間でいい」

「つまり、黒紫曜という人は……？」

天祐がおずおずと問うので、灰炎が碧玉の代わりに答えた。

「ですから、天祐殿。どちらかというと腐れ縁だと、初めに私が申し上げました」

「……なるほど」

天祐は神妙に頷く。

黒紫曜は碧玉にとって、親友でも友でもなく、ありていに言えば疫病神と呼ぶのがふさわしいかもしれない。


それから一週間もしないうちに、黒紫曜が従者を連れて訪ねてきた。

黒紫曜は背が高く、天祐と並ぶほどだ。

彼は頭の上半分だけ黒髪を結い、きらびやかな銀の冠でまとめている。明るい紫の目は切れ長で、細長の顔立ちは整っている。左目の下、上下に二つ並ぶほくろが印象的だ。

服装は仰々しく、大きな袖のある黒い衣には、紫の糸で護りの刺繍が念入りにほどこされている。

白家ほど霊力は高くないが、黒家は昔から、結界術や占い以外では、法具を作ることに長けていた。

黒家はその高い技術力を宣伝する意図もあり、直系の人間はたいてい、普段着でも結界術を付与した、無駄に防御力が高い格好をしている。突然、襲撃にあったとしても、その衣の術に守られるだろう。

「黒紫曜殿、白家へようこそ」

天祐は親しげな笑みを浮かべ、紫曜に拱手《こうしゅ》をした。

この日の天祐は、紫曜に相対するために、上等の衣で武装している。

普段は動きやすさを重視して、武官のような装いでいることがほとんどだ。白家の直系らしく白は必ず使い、あとは好みで紺色を差し色にしている。その際、動き回るのに邪魔な袖を、手甲《てっこう》でとめている場合が多い。今日ばかりは、天祐は屋敷で碧玉が好んで着ているような、広い袖の衣を選んでいた。登城するわけではないので、最上級の礼服《らいふく》を着る必要はないが、黒家の後継者との面会なので、灰炎の監修の下、碧玉は天祐が宗主として面目が立つ程度には身なりを整えさせた。

「白天祐殿――いえ、白宗主」

紫曜も丁寧に礼を返す。そして、年長者らしい態度で微笑んだ。

「しばらく見ない間に、ご成長なさいましたな。面会の機会をいただき、感謝申し上げます」

「水くさいですよ。黒紫曜殿は、私の元服の儀に参加してくださったではないですか。青炎様も、黒宗主と懇意にされておいででした。白家と黒家の仲ではありませんか」

「そう言っていただけると、私も気持ちが軽くなります」

二人は友好的なあいさつをかわした。

「さあ、どうぞこちらへ」

天祐はにこやかに話しかけ、紫曜を客間へと案内する。内密の話をするのにうってつけな、公人が立ち入らない静かな部屋だ。

この客間は小さい造りをしているが、白木の美しい几《つくえ》があり、窓からは庭が見える。季節の変化を楽しめる風雅な場所だ。

「庭が一望できて美しい部屋ですね。……え？」

さっそく褒めようとした紫曜は、ぎょっと目を開き、分かりやすく口元を引きつらせた。

その窓辺に、灰炎とともに碧玉の姿をした式神が立っていたせいだ。紫曜の従者である二人の男も、静かに動揺する。

「紫曜殿、どうぞお座りください。ところで、お話の前に、手紙に書かれていた件についてお伺いしたいのですが」

「え？　ええ、なんでしょうか」

椅子に腰かけ、紫曜は問い返す。

紫曜は式神と灰炎を気にしてちらちらと見ているが、明らかに疑問を口にするのを我慢していた。

「兄上と親友だったのでしたら、どうして兄上の窮地に駆けつけてくださらなかったのか。親友とはすなわち、『刎頸《ふんけい》の友』のことでしょう？」

天祐の青い目が、ぎらりと光る。

嘘も言い逃れも許さないという強い眼光に、紫曜と従者の顔は青ざめた。

刎頸《ふんけい》の友とは、友のために首をはねられても悔いはないというほどの友情のことだ。

天祐が怒りをあらわにすると、天祐からゴウッと風が吹き始めた。強い感情のせいで霊力が暴走しかけているが、天祐はそのぎりぎりで手綱を握っている。

「兄上、親友にまで裏切られたとはおかわいそうに……」

碧玉の姿をした式神を傍らに呼び、天祐はその手を握る。

非業の死を遂げた兄を、いまだに盲目的に慕う義弟という姿を見せつけられ、紫曜達の顔色はいっそう悪くなる。紙のように真っ白だ。

天祐からの重圧に耐えかねた黒紫曜が、椅子を立ち、その場にひざまずいた。

「申し訳ありませんでした、白宗主！　あの手紙に書いたことは、実は嘘だ！」

「……嘘？」

「あ、いや、嘘というか。親友というのは大げさだった。あなたの兄上とは幼馴染で、友人ではあったのだが……」

しどろもどろに言い訳をする紫曜の後ろで、従者も平伏して、謝罪を示す。

「ふっ。聞いたか、灰炎。私に友がいたらしいぞ」

実は碧玉は最初から、隠遁《いんとん》の術を使って姿が見えないようにし、式神の後ろに隠れていた。

式神を置いたのは念のためだ。碧玉が式神のふりをするのは無理がある。式神には生命力がないので、顔色や表情を見れば違和感を覚えるものだ。それに、隠遁《いんとん》の術は気配までは消せないので、何も無い場所にいると、直感に優れた者には変な感じがするはずだ。一般人なら誤魔化せても、黒家の後継者は見抜くと踏んでのことである。

「え？」

思わず碧玉が笑ってしまったので、紫曜はこちらを見る。いや、見ようとしたが、天祐が視界に割りこんで邪魔をした。

灰炎がゴホンゴホンとわざとらしい咳《せき》をして、まるで自分が言ったのだと言いたげに、雑に誤魔化す。

「碧玉が窮地にいたことを、私も父も知らなかったのだ！　あの白碧玉だぞ。冷酷な性格をしていて、たった十六で後を継いだというのに、あっという間に白領の手綱を握った。あの切れ者が、まさか帝になりたての若輩者などに追い詰められるなんて思わなかったんだ！」

「……まあ、切れ者というところは認めましょう」

風が和らぎ、天祐の態度がわずかに落ち着く。天祐が目で「それで？」と続きをうながすので、紫曜は慌てて口を開く。

「そもそも黒家は、宮廷のことに関わっている暇がなかった。先祖が封じた九尾の狐塚が崩れて、奴が逃げてしまったんだ。それを一族総出で追跡していた。あの月食の厄災のせいだよ！　あの日からずっとてんてこまいだ」

「黒家からの救援要請はなかったと思いますが？」

「そりゃあ、そうだろう。白家宗主は代替わりをしたばかり、しかも厄災が起きた後、私財をなげうって自己犠牲をしてまで、国内を落ち着けようと駆けずり回っている。こちらとて、巫術《ふじゅつ》を磨いてきた自負があるのだ。安易に助けを求めるなど、矜持《きょうじ》が許さぬ！」

天祐はなるほどと頷いて、理解を示した。

「手紙の件は、その狐のことですか？」

「そうともいえるし、そうでもないかもしれない。いや、俺の直感はそうだと告げているが……これは黒家の異能だから、そうでない者に説明しづらいものだ」

「左様ですか。まあ、そのことはあとで話すとして」

「え、おい、かなり重要な話なのだが」

紫曜は言いつのろうとして、口をつぐむ。天祐が鋭い目つきでにらんだせいだ。

「もし兄上のことを知っていたら、あなたは口添えくらいしたのでしょうか？」

「まだその話を引っ張るのか？　義弟が碧玉を熱烈に慕っているようだと、黒家の家人から聞いてはいたが……」

「そんな当たり前のことはどうでもいい。どうなんですか、黒紫曜殿」

「共に首をはねられるのまではさすがに無理だが、口添えくらいはしたさ！　黒家にいる、親切で優しい皆の兄貴とは、まさに俺のことだからな！」

紫曜がぺらぺらと話す内容を聞いて、天祐は分かりやすく圧倒されていた。碧玉と違い、天祐には紫曜の騒がしさと正直さは好ましいもののようで、口元に苦笑が浮かぶ。

紫曜は心底申し訳なさそうに、肩をすくめている。天祐は気まずげに返す。

「……あなたのお気持ちはよく分かりました。兄上との関係性を大げさに語ったことは許しましょう。どうぞお立ちください」

天祐は紫曜の腕を支え、ゆっくりと立たせる。

「分かってくれてありがとう。それでその……まだ話を聞いてもらえるのだろうか？」

厄災の日から耐えてきた黒家から後継者がやって来たということは、とうとう看過できない事態になったようだ。

「ええ。祓魔《ふつま》は白家の務めですから。しかし、ただ働きなどいたしませんよ。ご存知の通り、我が家は妖邪退治に多額の私財を投じましたし、帝にお詫びを献上しましたから、無償奉仕をする余裕などありません。財を回復せねばなりませんので」

「もちろんだとも。旧友だからこそ、礼儀はわきまえねばな」

椅子に座り直し、紫曜は今までの狼狽ぶりも忘れたかのように、にこりと笑う。

「どうぞ、お話しください。話を聞いてから、どうすべきか考えます」

「いいとも、すぐに返事がいただけるとは思っていないからな。話を聞いて納得していただけたら、妹の雪花《せつか》と見合いをしてほしい」

驚く天祐に最後まで聞くようにと釘を刺してから、紫曜は詳細を話し始めた。

「それでは、よろしくお願いします」

「紫曜様、どうぞこちらへ」

話し合いが終わると、紫曜と従者らは、灰炎の案内で部屋を出ていった。白家から黒家まで、馬で急いでも四日はかかる。彼らは今日のところは白家に泊まり、明日の早朝に黒家へ帰るそうだ。

天祐は手紙の返事をした後から、使用人に命じて、客をもてなす宴の用意をさせているとのことだった。碧玉は対応に悩む天祐に、紫曜には美味な酒を出しておけば問題ないと言っておいたが、天祐はさすがにそれだけで済ませるわけにもいかないと、しっかりと采配していた。

彼らの足音が遠くへ去るのを待ってから、天祐が式神の術を解く。黄色の紙に朱筆で書かれた呪符が、ひらりと床へ落ちた。

「兄上、同席している間は、静かにしていると約束したでしょう？」

天祐はため息をついて、碧玉に声をかける。式神がいた場所よりも後方で景色が揺らぎ、真っ白な装束を着た碧玉の姿が現れた。

「そう怒るな、天祐。思わず奴をからかいたくなってな。しかし、隠遁《いんとん》の術を使うなど久しぶりだ。やはり私では難しいな。一歩でも動いては術が解けていただろう」

そういうわけで、碧玉は式神より後方にいて、じっとしていた。離れでの生活に退屈していたところに、面白そうなことがやって来たから、傍で高みの見物をすることにしたというわけだ。

天祐はゆるやかに首を横に振る。

「灰炎殿まで、つられて笑いそうになっていましたよ。お二人が紫曜殿を嫌っているらしいことはよく分かりました」

「否。特に紫曜を嫌ってはおらぬぞ。あやつの調子の良いところと、厄介事を持ちこむところは嫌いだがな」

「えっ。では、好きなんですか？」

「あやつ個人のことなどどうでもいいが、黒領は東隣にあるから興味はある。紫曜が宗主になれば、白家の害にはならぬだろうよ」

「兄上らしいお返事ですね……」

天祐は疲れをにじませてつぶやく。

「俺は昔馴染みのせいで兄上が不快な思いをしないかと、心配でしかたがありませんでしたのに」

碧玉はけげんに思って、眉を寄せる。

「黒家が裏切って、私を見捨てたかもしれないと思ったのか？　ふん。私は興味のない相手にそんな真似をされたところで、何も思わぬ。ただ、己の未熟さが恥ずかしいだけだ」

碧玉は苦々しげに、口元をゆがめた。

「私は周りに助けを求めることなど思いつきもしなかった。助けを得るのが無理ならば、天治帝の妃らの弱点を探り、親である高官どもを利用して、帝に圧力をかけるくらいはすれば良かったと思ってな」

特に後半については、悔やんでも悔やみきれない。

碧玉は自嘲をまじえて、天祐に忠告する。

「結局、私とて、お前と同じく、世間知らずの若造に過ぎなかったというわけだ。私を反面教師とし、お前は気を付けるがよい」

「確かに兄上はもっと助けを求めて良かったんです。白家の者達は、兄上のためなら、反乱だって辞さなかったのですから」

天祐が反乱と口にしたので、碧玉はさらに眉間のしわを深くする。

七璃《なな り》国の人間にとって、白家の能力は必要だ。だが、反乱をしでかした後で、白家が七大世家として存続できていたかは分からない。

帝の本拠である緑《りょく》家に領地を占領され、白家は取りつぶされて奴隷まで堕ち、祓魔《ふつ ま》のために能力を使うだけの駒にされた可能性もある。

帝に背くことは、他の六家を敵に回すということだ。

そうなるとさすがに多勢に無勢で、蹂躙されるしかない。やはり、碧玉一人が死んだほうがいいという結論が出る。

碧玉がその辺りを説明すべきなのか考えていると、天祐がため息まじりに言った。

「……兄上が宗主として、一人の犠牲で済むならとお考えになったことも、きちんと分かっています。あの時は、あれが最善だったことも。俺が宗主だったとしてもああしたでしょう。――とにかく、俺は兄上の言いつけに従い、青炎様のように広く交流を持ち、弱点の情報収集もしつつ、人心掌握を磨くように心がけます」

天祐は声に力をこめ、恐ろしい宣言をする。もし灰炎がいたら問題視したかもしれないが、碧玉はただ頷くだけだ。

「私は父上から、誰のことも信用するなと教わったが……。私は、お前が白家に害をなさぬ限りは、お前を害することはない。その点は信用するといい」

碧玉はたとえ身を許した相手でも、白家のためにならないなら手を下すだろう。

「俺は兄上の期待に応えられるように励みます。そもそも、俺が道を踏み外している時は兄上が注意してくだされぱよいのです。兄上の望みこそ、俺の望みですから。まあ、兄上に殺されるのならば、俺も本望ですが」

「おかしな奴だな」

天祐が碧玉へ向ける盲目的な慕いぶりに、碧玉はときどき薄ら寒いものを感じる。だが、深く考えたところで、今更この関係から抜け出すのは容易ではないのを分かっている。気づかなかったことにした。

「お話が変わりますが、兄上、しばらく黒家の者が滞在しますので、不用意に離れを出ないようにお願いいたします」

「分かった。私とて、幽霊騒ぎは面倒だからな」

紫曜の枕元に立って、からかってみたら面白いかもしれない。ふとそんなことを思ったが、黒家の異能である直感により、碧玉が生きているとばれては厄介だ。

(天治帝とその一派はもうこの世におらぬし、人の好い紫曜のことだから、私の生存を知ったところで、内密にするだろうが……。賜死《しし》を受けた身ゆえ、大人しくしておくか)

紫曜は「親切で優しい皆の兄貴」と自称している。実際、黒家での評判はその通りだ。つまり、あの男は親切で優しいと言われている分だけ、周りの問題事を解決してやっているというわけだ。

それでいて問題事の具体的な内容は噂にならないのだから、あの男の口の堅さがよく分かる。

それから紫曜が持ちこんだ依頼へと考えを巡らせ、碧玉は顎に指を当てる。

「しかし、敵に怪しまれずに黒家に入りこむためとはいえ、お前が見合いをするとはな。しかも、黒雪花殿と」

黒雪花とは、黒家の長女であり、紫曜の一歳下の妹だ。

「父上がご存命の折に、いつかは雪花殿と婚約してはどうかと言われていたのを思い出した」

「え……っ」

天祐の顔色があからさまに悪くなる。

「で、では、兄上はまさか……雪花殿に何かしらの感情を……？」

「美しい人だとは思ったが、それくらいだな。政略結婚の相手など、家を管理できれば、誰でも良かった」

「美しいですって？　兄上が女性に対して、そんなことを思うことがおありに？」

動揺のあまり、天祐はふらついた。碧玉は眉をひそめる。

「お前は私をなんだと思っている？　人間の美醜くらい、判別はつく。お前も、会ってみれば分かる。雪花の名がよく合う婦人だ。しかし、私は彼女に嫌われていたようだから、どちらにせよ婚約はしなかっただろう」

「えっ、嫌われるなんて……どうしてですか？」

「私といると自信を失うとか、隣に立つなんてごめんだとか、侍女にこぼしていたのを聞いた覚えがある。どうも私の容姿を好まぬようだったぞ」

「それは……兄上はその辺の女性よりもよほど美人ですから……なるほど……」

天祐はしみじみとつぶやいて、深く納得したようだ。

碧玉はその感想を聞き流し、厄介事へと再び意識を傾ける。

「それにしても、なかなか面白いことになっているようだな」

紫曜の依頼は、封印の塚から逃げ出した九尾の狐を退治することだ。

それでどうして、紫曜の妹と天祐が見合いをするかというと、九尾の狐が化けているのではないかと紫曜が怪しんでいるのが、黒家の中にいるせいだ。よりによって、黒宗主が側室に迎えた平民の女がそれだという。

紫曜の直感ではその女がクロだが、証拠がないのではっきり言えない。父親の側室が相手では、正室の子がいじめているように見える。父親や周囲の反感を買うのは困るので、大っぴらに指摘もできない。そもそも、宗主を筆頭に、黒家の人間の直感ではっきりと判別できていない状況だから困っているそうだ。

「もし冤罪だった場合、その方がかわいそうです。見合いは嫌ですが、俺は助けてやりたいですね」

善良さを発揮して、天祐は黒紫曜の依頼を引き受けたのだ。

「しっかり解決して、報酬をもらってくればよい。ああ、そうそう、私も同行するゆえ、そのつもりでいるように」

「……は？」

ぽかんとし、数秒黙りこんだ天祐は、意味を呑みこむやのけぞった。

「兄上、白領を出るつもりなのですか？　あのクソ帝はもういないとはいえ、兄上の怨霊で殺されたと思っている者達に、兄上の生存がばれたら危険です！」

「お前を一人で行かせては、気づいた時には実際に婚約しているかもしれぬ。紫曜は口が達者なのだ。お前程度、丸めこむのはたやすいだろう。――天祐、私を情人としたからには、私を最優先にしないなどあり得ぬ。浮気をするなら、お前とその相手を殺すからな」

つまり、好奇心が半分で、残り半分は監視目的だ。

（こやつは知らぬが、『白天祐の凱旋』では、黒雪花がメインヒロインだった。油断ならぬ）

前世で読んだあの書物では、たくさんの魅力的なヒロインが登場する。しかし、ハーレムものではなく、大本命のメインヒロインがいて、主人公に片思いをしているサブヒロインが複数いるという形だった。天祐はメインヒロインである黒雪花に一途な愛を捧げており、それが男らしくて格好いいと、読者人気を博していたというわけだ。十二歳で妖邪退治の戦へと放りこまれた天祐は、怪我をして黒家の領地に入りこむ。そこで雪花と出会い、彼女の手厚い看護を受ける。恩とともに恋心を抱いた天祐は、それから何かと雪花を訪ね、地道に愛を重ねていく。

しかし、結局、雪花は碧玉との結婚が決まる。雪花を救うために天祐は立ち上がり、悪役を排除して、白家を手に入れる。そして、雪花と結婚して大団円という、苦労を乗り越えてのハッピーエンドだった。

（ヒロインの存在など忘れていたが、他の者はともかく、黒雪花との見合いだけは見過ごせぬ）

自分を一番にしない恋人など許せないという、自分勝手な理由である。やたらと碧玉に甘い天祐でも、碧玉に嫌悪を抱くだろうかと様子見をしたが、碧玉の予想に反し、天祐は感動に浸って頬を紅潮させている。

「兄上が嫉妬してくれるなんて、ありがとうございます！」

しかも、お礼まで言われた。

「兄上が俺を想ってくださるならば、どんなことでもうれしいです！　分かりました、一緒に行きましょう！」

「……ああ」

拍子抜けしたものの、天祐が喜んでいるようなのでこれでいいのだろうと、碧玉は深く考えずに返事をしたのだった。


それから、碧玉が黒家への遠征に付き添うことを、碧玉の生存を知る古参の配下に伝えたところ、配下の間で、自分こそが二人についていくと、熾烈な戦いが繰り広げられた。

武官は武術で、道士は術で、使用人は家事勝負をして、十五人の精鋭が残った。

出発の日の早朝。

黒家よりも先に、碧玉は玄関前に出た。旅の同行者はすでに勢ぞろいしていて、見送りの門弟や使用人も集まっている。そこで、碧玉は奇妙なことに気がついた。

「灰炎、気のせいかこやつら、まだ出発してもいないのに疲れてはおらぬか？」

碧玉は傍らの灰炎にひそりと問う。今回、碧玉は白家に招かれている遠縁のふりをすることにしたが、幼馴染が相手なので、顔を見られるのはまずい。そこで紗のついた笠をかぶって周りから見えにくいようにして、天祐と灰炎の傍にいる。

灰炎は我慢できずに噴き出した。

「ふ、ふふっ。それはですね、主君に同行したい者達が、競い合いをしていたせいですよ」

「そんなに旅がしたいのなら、遠征任務を与えてはどうだ？」

「そういう意味ではございませんよ、主君」

やれやれとため息をついて、灰炎は首を横に振る。

碧玉としては、天祐の侍女・青鈴《せいりん》がいるのは分かるが、道士として崔白蓮《さいびゃくれん》がまじっていることに驚いた。白蓮は碧玉と天祐が道術の基礎を教わった師父でもある。門弟を束ねる立場にいる男なので、てっきり留守番をするのだと思っていた。

「崔師父まで同行されるとは」

「上の者はたまには外出をして、子弟に成長の機会を与えねば。私に頼ればどうにかなるという甘えた根性を、この機会に叩き直そうかと」

白蓮は三十代後半で、糸目でひょうひょうとした男だ。常に冷静沈着で、師として適切な指導をする。むやみに厳しいわけではないが、優しいわけでもない。匙加減《さじ》が絶妙だ。

「崔師父にお考えがあるのでしたら構いません」

白蓮の言うことももっともだが、碧玉には家の守りが薄れることが気にかかる。

灰炎にどうなっているのか確認すると、青炎の側近だった者達の名をあげたので、碧玉は胸をなで下ろした。彼らならば、突発的事態にも問題なく対応できるし、忠誠心が熱いので、主の留守中に悪さをすることもない。

白蓮は真面目な顔をして話を続ける。

「こたびの件には、九尾の狐が関わっているとか。よき君主の到来を示す瑞獣《ずいじゅう》とはいえ、長らく封印されていたのでは、黒家に恨みもあるでしょう。天祐様は道士としての実力はございますが、経験が足りておりませぬ。私にも何かお手伝いできることがあるやもと、愚考いたしました」

「ああ。崔師父が付き添ってくれるならば、私も安心だ。頼りにしているぞ」

「お任せください」

九尾の狐が相手なのだから、精鋭をそろえ、道具を余分に持っていっても、まだ準備が足りないかもしれない。九尾の狐が吉祥をもたらすか破滅をもたらすか、現時点ではどちらか分からないのだ。神獣に近い妖怪でもあるので、事は簡単ではない。

「ところで、我らは先代をどうお呼びすればよろしいでしょうか。宗主が遠縁を食客《しょっかく》として丁重に招き、灰炎殿を仕えさせているのでしたら、主君と呼んでも差しつかえないでしょうが。我らは白家に仕える身。食客《しょっかく》の配下ではございませんので」

「師父のおっしゃる通りですね。では、偽名を使うか。天祐、適当に考えよ」

碧玉が天祐に振ると、天祐は少し考えてから提案する。

「兄上と分からないあだ名ですよね。銀嶺《ぎんれい》はどうでしょうか」

「雪が積もって、銀に輝く山のことか。気に入った。お前達は銀嶺と呼ぶがいい」

とっさに思いついたにしては良い名だ。見事な銀髪を持つ碧玉にぴったりである。皆もそう思ったようで、素晴らしい名だと天祐を褒める声があちらこちらで上がる。

「では、銀嶺殿とお呼びしましょう。銀嶺殿も黒家の中まで入りこむ予定でしょうか」

白蓮の問いに、碧玉は首を横に振って示す。

「あとで合流するつもりだ。さすがに黒家直系が大勢いる場に入っては、彼らの異能である直感で、私の正体がばれるだろう。最初の歓迎が終わり、白家への注目が収まるまでは、城街の宿にいるつもりだ。見合いのことは、灰炎がいれば問題ない」

碧玉が灰炎をちらと見ると、灰炎は拱手《こうしゅ》をした。

「は。お任せください」

天祐は彼らを見回して、命令する。

「お前達は兄……銀嶺のことをかぎつけられぬように、道中は特に気を付けよ。黒家の連中をできるだけ遠ざけるように」

「は！」

家臣らが声をそろえる。

「そろそろ連中が来る頃か。私は馬車にいるとしよう」

「では兄上、後ほど」

天祐に一つ頷いて、碧玉は馬車に乗りこんだ。


五日の旅程を経て、黒家の領地に入った。

急げば四日で着くものの、天祐が碧玉の体調を気遣って、普通の速度で進ませたのだ。黒家の者達は一刻も早く帰りたいようだったが、焦りを見せては敵が変に思うだろうと、天祐が紫曜を説き伏せた。

領境の川にかかる木橋を越えると、黒領だ。白領と違い、黒領の山は低いものが多く、石切り場や鉱山をいくつか所有している。山のふもとには森があり、それ以外は水田や村がほとんどだ。

「天祐、黒家は資源の宝庫だ。発明の材料は、この地だけでほとんどまかなっている」

馬車の窓から外を示し、碧玉は天祐に教える。

大昔、この辺りは手つかずの山野に過ぎなかった。それを黒家の異能である直感により、水脈や鉱脈を当てて切り拓いた結果だ。

「あの服装といい、豊かなわけですね。それにしても、黒領には祠や堂が多いですね」

「黒家の異能は直感だが、ほとんど神通力と変わらない、領民は、彼らの能力により利益を得ている。白家と同じく、黒家も元々は神官の家系だ。白家は天帝からさずけられた火を大事に受け継ぎ、妖邪から人々を守っていた功績から浄火の異能を与えられた。一方で、黒家は巫女として天帝にお仕えしていた。神への信心が深く、神降ろしの儀式をして、人々に預言をしていたのだ。そのうち、直感という異能を与えられた。それで自然と信仰があつくなっているというわけだ」

白家と黒家は生業が似ているので、歴史を辿れば仲が良いこともあれば悪いこともある。断言できるのは、占いの能力が上なのは黒家で、祓魔《ふつま》の能力に優れるのは白家ということだ。

「兄上、大丈夫ですか？」

隣に座っている天祐が、碧玉の横顔を心配そうに覗きこんだ。碧玉は眉をひそめる。

「まったく、毒をあおって以来、体が弱くなり過ぎだ。まさか、馬車酔いするようになるとは……」

これまでも馬車の乗り心地が良かった試しはないが、以前はもう少し平気だった。

「黒家の客が一緒でなければ、式神の飛行で道のりを短縮したのですが……」

薄らぼんやりした前世の知識も、たまには役に立つ。前世の物語は、想像力豊かなものばかりだった。式神作りは霊力と想像力がものをいう。碧玉は妖怪退治をする時、前世の創作物を参考に、巨大な鳥の式神を作り出して利用していた。妖怪でもない限り、巨大な鳥は存在しない。この世界の人間にとって、巨大な鳥は倒すべきもので、背に乗ろうなどと考えないのだ。碧玉は前世の記憶の影響で、そんな常識をあっさりと打ち壊した。

天祐は宗主になってから、碧玉が思いえがいた式神の造作を取り入れて、移動手段の短縮に使っているのだ。

「あれは余所者に気安く見せるべきではない」

「そうですね。霊力が低い者が真似をしては、落下事故を起こして大惨事になります」

碧玉としては、空を自由に飛べるようになると、領の防衛に影響が出るから余所者には見せるべきではないという意味で言ったのだが、根が善良な天祐は、見知らぬ誰かが怪我をしないかと案じている。

（こういうところを見ると、本当にこやつが天治帝らを策略にはめて皆殺しにしたのかと疑わしくなるな）

普段の天祐は、温厚で快活な好青年だ。冷酷な碧玉と比べれば、ずっと性格が良い。だというのに、彼を怒らせると性格が豹変するのだから油断ならない。

（否、普段が優しい者ほど、怒らせると恐ろしいと聞く。むしろその典型例なのか？）

碧玉がじーっと見つめると、天祐はわずかに首を傾げ、ふいに碧玉に口づけをした。

「……おい」

思わずにらむと、天祐はにこりと微笑む。

「口づけをしたいのかと思いました」

「それはお前だろう？」

「俺はいつでも口づけをしたいですよ」

「聞いた私が馬鹿だった」

「兄上は分かっておりません」

天祐がじとりとした目を、碧玉に向ける。

「お疲れの兄上に無茶をさせるわけには参りませんから、これでも触れるのを我慢しているのですよ？」

碧玉はぎくりとした。天祐は普段は碧玉第一で、素直に言うことを聞くが、閨《ねや》に入ると一切の遠慮がなくなるのだ。旅の間は添い寝する程度で何もしてこないのは、碧玉の体調のためだったらしい。

「しかし、兄上が留守番でしたら、会うこともかないませんでしたから、こうしてお傍にいられるだけで幸せです」

「……そうか」

碧玉はふいっと目をそらす。

恥ずかしいことを平然と言ってのける天祐には、どんな態度をとっていいか分からなくなることがある。胸の奥がむずがゆいのに、悪い気はしないのが厄介だ。

水田の間にある広い道を進んでいくと、黒領で最も高い山――天声山《てんせいざん》のふもとに着いた。

黒領の本拠地・龍拠《りゅうきょ》だ。早朝は山の裾野にまとわりつくようにして霧が出ることが多く、龍に守られているように見える場所だった。実際に龍脈が通っており、霊気が強い土地でもある。

龍拠の町の奥にあるのが、黒家の屋敷だ。

宿の多い界隈で馬車を停め、碧玉は車を降りることにした。配下の数名は町の宿に泊まるので、彼らにまぎれこむ予定だった。車を降りる間際に、天祐に注意する。

「天祐、上手くやるのだぞ。判断に困ったら、灰炎か崔師父を頼りなさい」

「ええ。兄上、くれぐれも気軽にお顔をお見せになりませんように。灰炎殿」

天祐は心配そうに、灰炎の名を呼ぶ。

「お任せください、白宗主」

馬車の入り口から顔を覗かせ、灰炎は天祐に拱手《こうしゅ》をする。町の宿に泊まる使用人と門弟も、碧玉にならい、いっせいに拱手《こうしゅ》した。

黒家の者達が焦れったそうにしているのに気づいているので、碧玉は灰炎と共に、あっさりと馬車から離れる。一台の荷車と数名が列を離れ、近くの宿に向かう。

中級の宿を貸し切りにして、その中の一番良い部屋を碧玉が使うことにしたのだが、碧玉は早々に庭の木陰に追いやられてしまった。宿の掃除がなっていないと使用人らが憤慨し、支度が済むまで待っていてほしいと言い出したせいだ。

「あやつら、いつからあんなに仕事熱心になったのだ？」

庭に追いやられるなど滅多とない。彼らの言い分は理解できるので、碧玉は無礼だと怒るよりも呆れている。

「はは。こたびは精鋭がそろっておりますからねえ」

笑いながら返す灰炎ですら、宿の下女の支度を断り、自分で茶と菓子を用意している。

「旅先でくらい、宿の者に仕事を任せればよいだろうに」

「得体の知れぬ者の淹れた茶など、主君に出すわけに参りません。それに、ほとんどの場合、私のほうが上手にできます」

「それはそうだな」

大男という見た目に反し、灰炎は繊細な男だ。祓魔《ふつま》業のことになると大雑把なのに、何故か身の回りの仕事では丁寧さを発揮する。軽食程度ならば、灰炎でも作ることができ、不思議と美味い。灰炎を一人連れていけば、旅には困らないだろう。

「灰炎、馬車酔いも落ち着いたゆえ、暇つぶしに周りを冷やかしにいかぬか」

「しかし、宗主様が心配なされますよ。それに黒家の方々にばれるかもしれません」

「白家の新宗主が、わざわざ黒領まで足を運んだのだぞ。今は準備に気を取られて、出かける余裕もあるまい。だからむしろ、出歩くなら今がちょうどいい」

「確かにそうですね」

灰炎は納得を見せた。

「とはいえ、昔、父上と共に、黒領には何度か来たことがある。覚えのある者もいるだろうから、おおっぴらに顔をさらすのはまずいな。身なりを隠すなら笠でも充分だが、散歩には邪魔だ。何かよいものはないか」

「そうですね。仮面はいかがです？」

「祭りでもないのに、不審ではないか？」

碧玉の問いに、灰炎は少し考えてから答える。

「怪しいことは怪しいですが、いないこともありません。普段ならば芸人が芸を披露する時につけることが多いでしょうが、それ以外では、病気や怪我の痕を隠すのに使っていることもありますから」

「怪我か。例えば、やけど痕とかか？」

「ええ。そうですね、細かい設定を考えましょう。幼い頃、焚火の傍で転んで顔にやけどをしたので隠している……というのはいかがですか？」

「そうだな。幼少期はそういうやけどをしがちだ。それでいこう」

碧玉自身も幼い頃、火の美しさに魅了されて手を伸ばし、指先に軽いやけどをしたことがある。

「もし仮面が外れた時に備えて、目の下にほくろを書いておきましょう。もし碧玉様ではないかと詰められたら、先代にそっくりな白家の遠縁ですと押し通します」

「そうだな。宗主が兄にそっくりな者を役人にしているのは、白家としては外聞が悪い。能力ではなく外見で選んだことになるからな。それで身なりを隠していると言えば、深く追及もしないだろう」

礼儀正しい者なら、見ないふりをするはずだ。そうでない者が好奇心に駆られても、後ろ盾が白家の宗主ならば、身分を恐れて引き下がる案件でもある。

灰炎との話し合いを終えると、碧玉は門弟に命じて木製の仮面を手に入れさせた。顔の上半分だけを隠す仮面を目元につけ、碧玉は灰炎と共に宿を抜け出す。

黒家の者が妖狐騒動に慌てているのに反して、町の雰囲気はのどかだ。

ぶらぶらと歩きながら、出店や商店を覗いて回る。庶民向けの菓子や食べ物を売る店、玩具屋や小間物屋がある中、占い師の店を多く見かけるのが黒領らしい。

「何か問題が起きているようには見えぬな」

「民を不安がらせないように、気を付けておられるのでしょう」

詳しいことは、あとで天祐に聞かなくてはならないようだ。

「灰炎、黒領の茶菓子はなんだろうか」

「分かりません。私も黒領には滅多に来ないので気になりますね。主君、あちらに茶楼《さろう》がございますから、休憩にいたしましょう」

二階建ての茶楼《さろう》に入ると、一階は四人掛けの丸几《づくえ》が整然と並んでおり、昼時を過ぎた午後にもかかわらず、多くの人で賑わっている。前のほうには鶴と松がえがかれた衝立が置かれ、その前に立つ三十代ほどの講談師が、折よく黒領の昔話を始めたところだった。

「これはまだ黒領が切り拓かれるよりも前の、古い時代のこと。この世は魑魅魍魎《ちみもうりょう》が跋扈《ばっこ》し、人々は夜の闇に怯えておりました」

碧玉達は目立たない壁際の席に落ち着き、すぐさま近づいてきた店員に茶菓子を頼んで、講談師の話に耳を傾ける。

「黒家の宗主の前に、天女のごとき美しい女人《にょにん》が現れました。その名は梅花《ばいか》。紅梅のような小さな唇、白梅のような肌をした絶世の美女でございました。その声は迦陵頻伽《かりょうびんが》のごとく、彼女の弾く琵琶《びわ》は天上の楽《がく》のようでした」

なんとも大げさな褒め言葉だと碧玉が呆れていると、店員が茶と菓子を運んできたので、さっそく手をつける。香りの良い茶に、胡麻団子の風味がよく合う。この茶楼《さろう》が人気になるわけだ。

「宗主は梅花に惚れ、側室にお迎えになられました。面白くないのは、正室でございます。それまで仲の良い夫婦でしたが、宗主が酒に酔うように梅花に夢中になり、仕事までもおろそかにし始めたせいです」

碧玉は灰炎にひそひそと話しかける。

「正室が側室を毒殺する話だろうか」

「それは展開が早過ぎませんか？」

向かいに座っている灰炎は、苦笑まじりに茶を飲む。

「これ以上は見過ごせないと、直談判のために宗主の部屋に向かった正室は、そこで見た光景に驚きました。蝋燭の明かりに照らされ、梅花の影が壁に映っておりました。それが九本の尾を持つ姿だったのです！」

灰炎が茶を飲み損ねて、ゲホゴホと咳《せき》をし始める。

なんの気なしに入った茶楼《さろう》で、九尾の狐について講談がされているなんて、偶然に驚いたらしい。

灰炎を横目に、碧玉はつぶやく。

「なんだ、九尾の狐というのは、黒領では有名な話なのか」

狐塚があるというのだから、昔話として伝わっていてもおかしくはない。

講談師の話は続く。

「梅花の正体は九尾の狐でした。正室は夫を守るため、一計を案じ、狐を封印することに成功します。されども、宗主は心を奪われたまま、正室は見向きされることもなく一生を終えました。これは、恋心は時に残酷な結末をもたらすという、いましめの話でございます」

なんとも無駄のない語り口で、講談は終わった。

あちらこちらから拍手が起き、講談師は席を離れる。

「誰の人物像もよく分からぬな。そういうことがあったというだけの伝承か」

「伝承に人物像が必要ですか？」

「勇猛果敢だったとか、優しいとか、いろいろとあるだろうに。狐の美貌についてしか詳しく話しておらぬだろう」

そんな話をしていると、隣席の男が口を突っこんだ。

「おう、兄さん達、旅の人だろう。ああやって『狐塚のいましめ』を講談しているのは、現宗主への皮肉なんだよ。最近はどこに行っても、この昔話ばっかりだ」

なんとも不作法な態度に、碧玉は静かに面食らった。白領で、碧玉に対して、こんなふうに気安く接する輩《やから》などいるはずもない。

「白家から宗主のお供で参ったのだ。だが、どうしてそんな皮肉を？」

灰炎はかすかに眉をひそめたが、にこりと気安い笑みを浮かべ、男に問う。普段の灰炎ならば碧玉への無礼を怒っただろうが、今は情報収集を優先することにしたようだ。

この男は話したがりのようで、うれしそうに説明する。

「そりゃあ、現宗主が数ヶ月前に流れてきた琵琶《びわ》の楽師を気に入って、側室に入れたせいだ。あの昔話があるから、黒家では側室を入れることは滅多とない」

「琵琶《びわ》の楽師《がくし》かい？　どこかで聞いたような話じゃないか」

「そうなんだよ。側室の韋《い》暗香《あんこう》様は絶世の美女で、琵琶《びわ》だけでなく、歌も上手い。民は面白半分に、狐の再来じゃないかと噂しているというわけだ。宗主様はすっかり側室に入れこんでいるらしいよ」

とはいえ今のところ、揶揄《やゆ》だけで済んでいるようだ。

「絶世の美女か。そういえば、黒雪花殿も美しいという噂だが」

碧玉が会話に加わると、男は分かるぞと頷いた。

「そりゃあ、宗主様の長女も絶世の美女さ。だが、美しさの系統が違うんだよ。お嬢様ははかなげ美人で、ご側室は妖艶だな」

「見たことがあるのか？」

「ああ、お二人とも、たまに町に来られるから」

妖艶とはいったいどんな顔だろうかと、碧玉は思いを巡らせる。

「おっ。ちょうどいいところに、韋の若君がいらっしゃった。あの方は韋暗香様の双子の弟で、韋《い》疎影《そえい》殿だよ」

男が声をひそめて、今しがた茶楼《さろう》に入ってきた青年を示す。

どこかおどおどした雰囲気があるものの、背は高く、見目は良い。健康的な白い肌をしていて、顔立ちはすっきりしている。黒い髪を頭上で白い巾でまとめており、柳眉と垂れ目がちな黒い目を持っていた。からし色の単衣は地味だが、絹のようで上等だ。彼は琵琶《びわ》を大事そうに抱えている。

「疎影殿、今日はお客人が来るのではなかったのかい？」

茶楼《さろう》の店主は、疎影が現れたことに驚きを見せた。居合わせた客達は、噂の当事者である疎影に対し、好奇やからかいの視線を向ける者もいれば、気まずそうに席を立って帰る者もいた。

疎影は都合の悪い時に来たと察したようで、首をすくめて答える。

「こんにちは。それが……姉上に、私がいると鬱陶しいと言われて追い払われてしまって。今日もこちらで演奏させていただいても？」

「もちろん構わないよ。姉君と同じく、疎影殿の琵琶《びわ》の腕も見事だからねえ」

疎影は照れて微笑し、講談師と入れ替わりに、屏風の前に移動する。店員が用意した椅子に座ると、客に会釈をしてから、琵琶《びわ》を奏で始めた。店主の評価はもっともで、疎影が弾く琵琶《びわ》の音には幽玄な響きがあった。

いつの間にか隣席の男は自分の椅子に座り直し、すっかり楽《がく》のとりこになっている。

碧玉は楽《がく》の音を聞きながら、ぼそりとつぶやく。

「黒家の直感がなくとも、あの者らが怪しいことは分かるぞ」

「えっ、どうしてですか、主君」

「あの昔話に出てくる、狐の名は梅花。そして、双子の姉弟は暗香と疎影ときた。暗香疎影は、梅を思い出させる言葉ではないか」

暗香疎影という言葉の意味はこうだ。どこからか漂ってくる梅の花の香りと、月明かりに照らされ、湖水に映っているまばらな枝の影のことだ。

「なるほど。しかし、親が博識なだけで、ただの偶然では？」

「ああ。平常ならば、偶然で流したようなものだ。問題は、紫曜の直感だ。あの男は側室が九尾の狐ではないかと疑っている。実際にそうだとしたら、九尾が過去のことを当てこすっているのかもな」

「からかっていると？　もしそうなら、性格が悪いですね」

「しかし、黒領にとって縁起の悪い名を持つ者を、黒宗主はよくも側室に招いたものだ。周囲の反対など、簡単に想像ができるだろうに」

碧玉は黒宗主を思い浮かべる。地味だが聡明な男だったと記憶していた。恋の前では知性もかすむのだろうか。

黒家でさらに詳しいことを聞いてくるだろう天祐と、あとで話し合わなくてはならない。

碧玉が疎影を眺めていると、ふいに彼と目が合った。

「茶を堪能し終えたゆえ、戻るぞ」

「え？　は、はい！」

碧玉が席を立つのが唐突に思えたのか、灰炎が慌ててついてくる。茶楼《さろう》を出て雑踏にまぎれたところで、灰炎が問う。

「どうかされましたか、主君」

「ただの気のせいだろうよ」

「何がですか？」

「……なんでもない」

あの一瞬、疎影が思惑ありげに微笑んだように見え、碧玉は何故か寒気がした。

「白宗主、ようこそいらっしゃいました。長旅でお疲れでしょう。宴まで客室でおくつろぎください」

黒家の宗主とその正室、家人一同に出迎えられた後、天祐は客室に案内された。

重厚な門構えをした屋敷だ。花木や果樹がそこここに植えられ、息苦しさはない。黒家の普段着でまで無駄に防御力の高い衣を着る大げさなところは、天祐にも苦手意識がある。けれど、華美ではなく自然の美を好んでいるらしいところは気に入った。

（とはいえ、俺は白家の洗練された屋敷のほうが好みだが）

白家の直系一族について天祐が知っているのは、白青炎と碧玉のみだ。

直系は銀髪碧眼がほとんどなので、氷のように透き通り、玲瓏とした雰囲気が美しい。道術の研鑽を積み続ける彼らは、空気が一般人とはひと目で違うと分かるのだ。そして、それは住まいにもあらわれていて、物は上等で、無駄はない。

（一人ぼっちになって、白家に入ってからは、それが寒々しく思えたが……今は落ち着く）

白家を思い出すと、自然と碧玉の姿が浮かぶ。天祐にとって、白家とは碧玉そのものだ。

（兄上の美しさは、天上の……とつけても誰も否定しないだろうな）

天祐は自分の考えに納得して、うんうんと頷く。

そんなふうに考えながら、侍女の青鈴が下人に声をかけ、荷解きするのを眺めていると、崔白蓮が顔を出した。

「宗主、硬いお顔をなさっておりますが、これからのことに緊張されておいでですか」

「緊張？　いいえ、崔師父。これは武者震いです」

「……武者震いですか？　ああ、狐についてでしょうかな」

白蓮は糸目で、常に笑っているような顔なので表情が読みづらいのだが、今ははっきりと困惑があらわになっている。

「いいえ、狐のことは心配していません」

「他に何かございましたか？」

「黒雪花殿ですよ。兄上の婚約者候補だったというのがどの程度の女人《にょにん》なのか、見てやろうじゃないですか！」

天祐が拳を握りしめて宣言するのを、白蓮はハハと声に出して笑う。

「ああ、そのことですか。気にされていないようでいて、実はかなり気にしていたのですな」

「天祐様、碧玉様の美貌に敵う人間などおりません。いるとしたら、神様か化け物でしょう！」

青鈴が振り返って、天祐に珍しく強気で主張した。天祐も真面目に返事をする。

「ああ、青鈴。俺もそう思う」

「実に良い主従関係のようですね」

白蓮は肯定も否定もせず、にこにことしている。この場にいるのは、白家でも精鋭の家臣ばかりなので、ただ頷くばかりだ。碧玉がいれば、「馬鹿ではないか」と鼻で笑っていただろうが、誰も止めない。

「出迎えに現れると思っていたのに、雪花殿の体調が優れないとは。師父、彼女は宴には顔を出すでしょうか？」

「あいさつにもお見えにならないのに、宴では尚のこと厳しいでしょう。もっとも建前でしょうが。恐らく、そういう作戦なのですよ」

「妖狐の調査期間を引き延ばすための？」

「ええ。さっさと目的を終えては、我々は帰るだけになってしまいます。とはいえ、調査は明日からでしょうね。もし紫曜様の予測通り側室が妖狐であるならば、何か仕掛けてくるやもしれません。下調べは弟子に任せて、私はあなたの傍に控えております」

白蓮は妖怪の攻撃を警戒しているようだ。

そんな師父の姿を見て、天祐の頭はさすがに冷えた。ため息をつく。

「俺はやはり、宗主には向かないと思います。仕事より、兄上のことが気になってしかたがない」

「ええ、そうだろうと思いまして、仕事をお持ちしましたよ」

白蓮が指示をすると、使用人が書類や手紙を運びこむ。白蓮はにこりとした。

「宴まで、どうぞご覧ください。嫌でも仕事に集中できるかと」

「……はい」

頬が引きつりそうになるのをこらえ、天祐は素直に頷いた。

昔からそうだ。穏やかで優しそうに見えて、白蓮は容赦がないのである。


予想通り、宴にも黒雪花は現れなかった。

その代わり、宴の席に、噂の韋暗香が参加したのが収穫だった。

(こういった公の場には、たいていは正室しか顔を出さないものだが)

天祐は表向きにこやかな態度をとり、黒家の宗主のほうを眺める。小柄で真面目そうな黒い髪と、やけに鋭い紫の目を持つ男が黒家宗主であり、紫曜の父である黒輝だ。四十代半ばの男が、ずっと年若い二十歳ほどの暗香にお酌され、鼻の下を伸ばしている。

(なるほど、傾国の美姫と表現されるのも分かるな)

韋暗香は小柄ながら、女性らしいふくよかな体型をしている。豊かな胸はよく熟れた果実のようで、肌は白魚を思わせる。長いまつげは頬に影を落とし、ぽてりとした唇はなまめかしい。肉感的な美女だった。

それに対して、正室の桃春麗《とうしゅんれい》は、細面の美人である。医術に長ける桃家から嫁いできただけあって、賢そうな反面、どこか神経質にも見えた。体型は控えめで、清楚だ。

一般的には、つつましく清楚な美女が妻に良いとされているから、桃夫人は理想像に近い。それでも、暗香と並んでしまえば、魅力はどうしてもかすむ。

(かわいそうに)

妻と呼ばれるのは正室のみだが、輝が構うのは側室ばかりで、かの夫人にとっては立場がなくつらいだろう。

（あの側室が狐かどうか、この場で明確にするのも悪くはないかもしれないな）

無実の女性が妖怪と疑われているのは憐れと思ってここまで来たが、宴で実際の様子を見て、天祐は少し考えを変えた。暗香は正室に対して全く遠慮していないし、時折、正室を見やる視線には毒がある。

「白宗主、こちらの酒はいかがですか。我が領で作ったもので、自慢の一品です」

天祐が顔を上げると、紫曜が玻璃《はり》の水差しを手にして立っていた。

「もちろん、いただきます」

「いい飲みっぷりですね。強い酒なのですが、顔色も変わらず。相変わらず、白家の方は酒豪ぞろいのようで。あなたの兄君も、涼しい顔で酒杯を空にしていたものですよ」

「紫曜殿、あなたもどうぞ」

「これはかたじけない」

返杯のため、天祐は紫曜の手から水差しを取り上げ、紫曜の持つ酒杯につぐ。

「失礼ですが、兄上がどなたかと親しくしているところを、全く想像できません」

紫曜は隣の床にどかりと座り、大きく頷く。

「ええ、ええ、そうでしょうとも。碧玉は幼い頃からあの通り、冷たい性格をしていましたからね。私が話しかけると、『うるさい』か『騒がしい』、長くても『面倒事ばかり持ってくるな。私は忙しいゆえ、お前に付き合っている暇はない』のどれかですよ。それでいて、助けを求めれば、ものすごく不本意そうに、渋々助けてくれるのです。まあ、見返りは要求されましたが、いい男でしたよ」

紫曜は褒めたが、その笑みには苦味も含まれている。

(兄上の言っていた通りだな)

煩わしそうにしている碧玉の様子が、ありありと思い浮かんだ。

そこで紫曜は天祐に身を近づけ、ひそっと問う。

「ところで、白宗主」

「無礼講です。天祐と」

「では、天祐殿。あなたは韋暗香をどう思います?」

「あまり感じが良いとは思えませんね。このような場では、正室を立てるべきでしょう」

「それは私も同意しますが、そういうことではなく」

紫曜の紫の目が、悪戯っぽく光る。

「女としての好みですよ」

美味い酒でほどよく温まった体から、すっと熱が引く。天祐は冴え冴えとした瞳で、紫曜を見つめ返す。

「女だろうが男だろうが、興味はありません。俺には兄上だけです。あの程度の美人が、兄上に敵うとでも?」

失礼な内容なので声をひそめたが、天祐の偽らざる本心だ。紫曜は天祐の碧玉への重い感情がにじんだ言葉を堂々とぶつけられたことに面食らった様子で瞬きをし、内容には同意した。

「それはそうだ。私も碧玉以上の美人にお目にかかったことはない。絶世の美女と噂されている妹には悪いが」

家族への礼儀として、紫曜はわざわざ妹のことを付け足して、にやりと口端を吊り上げる。

「ああ、よかった。白家の皆さんは美しいものを見慣れておいでだから、彼女の色香に惑わされないようです」

「紫曜殿はどうなんですか」

「私も韋夫人の美には何も思いませんよ。彼女よりも上の者をよく知っていますからね。碧玉が女だったらどれほどいいかと、よく考えたものでした」

天祐の眉がぴくりと動く。まさか碧玉に友人以上の気持ちを抱いていたのではないかと警戒する前に、紫曜の視線が暗香のほうに向く。

「それにしても、さすがに今日は双子の弟は連れていないか」

「双子の弟ですか？」

「韋疎影といって、彼女の家族ですが、ほとんど使用人扱いされているようですよ。あの二人は、流れの楽師だったんです。彼らを認めるのは悔しいですが、どちらもそれは見事な琵琶《びわ》の名手でしてね」

「琵琶《びわ》ですか」

天祐は顎に手を当てる。それは良いことを聞いた。

「紫曜殿、試したいことがあるのでご協力願えますか」

「何をするんです？」

天祐は紫曜に作戦を耳打ちする。彼が頷いたので、剣を手に立ち上がると、今度は輝のほうへ声をかけた。

「黒宗主、本日は素晴らしい宴の席をご用意いただき、感謝申し上げます。よろしければ、宴の礼に、剣舞を披露させていただいても？」

輝はにこやかに頷いた。

「それはぜひとも拝見したいものです」

「紫曜殿のお話ではそちらのご側室は琵琶《びわ》の名手とか。演奏をお願いしてもよろしいでしょうか」

天祐の提案に、輝は手を叩いて喜ぶ。

「おお、暗香の琵琶《びわ》とともに、白宗主の舞を見られるとは素晴らしい。誰か、琵琶《びわ》を持て！」

「ふふ。精一杯務めさせていただきます」

暗香は妖艶に微笑んで、使用人が運んできた琵琶《びわ》を受け取る。

彼女が琵琶《びわ》の調整を終えるのを見て、天祐は曲の指定をし、広間の中央に出た。

「せっかくですので、道術を使い、少し変わった演出をさせていただきます」

天祐は光り輝く蝶の式神を十体同時に召喚し、周りに飛ばす。

「おお、これは素晴らしい」

「なんて美しいのでしょう」

蝶の美しさと十体同時に呼び出す能力の高さ、両方への称賛のため息があちらこちらでこぼれる。

普段は才をひけらかすことはしないが、必要なので大判振る舞いだ。

天祐がちらりと紫曜のほうを見ると、紫曜は作戦決行をすべく、酒瓶を手に輝の傍に行く。

「父上、韋夫人の代わりに私が酌をいたします」

「ああ。紫曜も飲みなさい」

輝は息子に話しかけられ、ようやく暗香から視線を外した。

（紫曜殿が黒宗主の気を引き、俺が式神で目くらましをしながら剣舞をして、隙を見て彼女に退魔の術をかけてみる。紫曜殿の話だと、輝以外に暗香の味方はいないようだ。黒宗主の目さえかいくぐれば、術を使う隙はある）

暗香が苦しがるそぶりを見せれば、その正体が狐ということで間違いがない。

ベンと琵琶《びわ》の音が鳴る。暗香は赤い唇で微笑みながら、剣舞にふさわしい激しい曲調を難なくこなす。天祐はそれに合わせて、ひらひらと衣をはためかせて舞う。蝋燭の明かりを反射して、刃がきらめいた。

式神と同時に退魔の術まで扱うという神業を披露して、天祐は暗香に探りを入れた。

結果、暗香の態度に揺るぎはなく、宴は夜遅くまで続き、和やかに終わった。

すっかり夜が更けた頃。宴が終わり、めいめいが部屋に引き上げていく。

天祐もまた客室に戻ると、後ろからついてきた白蓮にさっそく相談する。

「九尾の狐ともなると、あの程度の退魔術は効かないのでしょうか」

白蓮も難しげな表情をしている。

「剣舞の間、宗主が退魔の術を使うのを見ていましたが、あの側室はびくともしませんでしたね。術を防ぐ何かを持っているか、ただの人間なのか。そうなると、狐が関わっているだろうという、紫曜殿の直感が気になるところです」

「妖怪らしき気配もない。妖狐は正体がばれるのを恐れて、道士を嫌うものですが……そんなそぶりもない」

「韋暗香の部屋に、式神を飛ばしましょうか」

「いや、あの様子だと、今頃、韋暗香の部屋を黒宗主が訪ねているはず。さすがにばれるだろう」

天祐は輝の様子を思い浮かべる。彼は客のもてなしに気を遣いながらも、ほとんどは暗香に意識をとらわれていた。年甲斐もなく恋に夢中になっている。

天祐自身、碧玉がいればずっと傍にいたいのもあるので――何せ、すでに数年は恋の病にかかっている――ある程度は輝の様子は理解できる。それを問題に思うのは、彼の体調が気になったからだ。

「黒家の人々が不安になって、白家に助けを求めるのも理解できる。一見すると分かりにくいが、黒宗主は頬がこけて、病気になりかけの人のようだ」

「あれは間違いなく、精気を奪われていますよ。狐かどうかはともかく、妖怪か祟りか、何かしら原因があるはずです」

「正室に毒を盛られているという可能性は？」

桃家は医術と薬学に詳しい。毒を手に入れるのは容易だろう。

白蓮にはその問いは違和感があるようで、わずかに首を傾げる。

「桃春麗様は誇り高い方だそうです。あの方が側室だったならともかく、正室で後継者の母君です。立場は安泰。側室をわざわざ手にかけますでしょうか？　表向きはおおらかな態度をとっておいて、正室らしい振る舞いを選ぶのでは？」

白蓮の考えを聞いて、天祐は宴の席での桃春麗を思い出す。礼儀正しく振る舞って、客のもてなしに専念していた。

「理性でそうあろうとしても、難しいものではないか？」

「では、夫人についても調べることにしましょう」

「ああ。今日はお開きにして、休みましょうか」

思っていたより、事態は面倒くさい。

「そうだな。事がそう単純ならば、紫曜殿がとっくに解決しているだろう」

黒家で頼られている兄貴分と自称するだけあって、家内にある問題はたいてい彼が解決しているようだ。そんな彼が助けを求めに来たのだから、もっと気を引き締めてかかるべきだろう。

天祐はそう思い直しながら、寝床に向かった。

黒家への滞在二日目。

いつもの習慣で、天祐は夜明け頃に目が覚めた。

夜遅くまで宴をしていたので、紫曜からは今日は昼前まで休むように言われていたが、寝つけそうにない。寝ぼけながら隣に手を伸ばし、そういえば碧玉とは別行動だったと思い出してがっかりする。

（小鳥の式神を飛ばして、様子見をしようか。……いや、兄上にばれたら、ご機嫌が悪くなられるだろうな。やめておこう）

ちらっと考えたが、今回は理性が止めるのに従うことにした。

その代わり、碧玉に似せた式神を作り出して、傍に置く。

朝食を運んできた黒家の使用人はぎょっとしたが、すぐに何もなかった態度を取りつくろう。天祐が食事を終えると、そそくさと退室した。

天祐は剣術の鍛錬をして、道術に使う道具の確認をする。午前中の遅い時間になると、白蓮があいさつに来た。

「噂程度ですが、桃夫人について調べましたよ」

そこで白蓮は碧玉に似せた式神に気づいて、少し呆れた表情をしたものの、報告を続ける。

「嫉妬するよりも、夫の様子に呆れて、距離をとられているようです。趣味の薬草栽培に入りびたりみたいですよ。夫の体が弱っているのに気づいているようですが、黒宗主が病人扱いすると怒るので、匙《さじ》を投げたようですね。息子に全て任せているとか」

「昨日の今日で、そこまで調べたんですか？」

「こつがあるんですよ」

白蓮はにっこりとした。彼は伊達に白家の門弟らを束ねてはいないのだ。

「頼りになることです」

「宗主、今日は落ち着きがないようですね」

「すぐそこまで行けば兄上に会えるのにと思うと、どうしても」

「今日は見合い予定日ですから、どれほど会いたくても、今から出かけては駄目ですよ」

町のほうへ行きたいという下心は、白蓮にあっさりと却下された。式神を傍に置いている時点で、天祐の気持ちが外へ向いているのなど、だだ漏れだ。

「その余力を仕事に回してください」

「どうしてこんなにあるんです？」

「あの方が暇つぶしで仕事をする前に、全てこちらに持ってきましたので」

盆にのせられた書類にうんざりする天祐だが、白蓮のいう「あの方」が碧玉を示すのが分かるので、しかたがなく執務几《づくえ》に移動する。

「兄上はこれを一人で采配しておられたのだよな？」

「あの方の場合、仕事中毒が過ぎるので、もう少し減らすべきですがね」

つまり、碧玉が処理できる仕事量に比べると、天祐はまだまだのようだ。それでもこんなふうに気を回して碧玉の負荷を取り除こうとする辺り、白蓮は碧玉びいきなのである。

「天祐殿はもう少し頑張りましょう」

「……はい」

天祐はがっくりとして頷く。

師父だから頭が上がらないのもあるが、彼の場合、容赦はないが、能力に見合った分量を選ぶ匙《さじ》加減が絶妙なのだ。できないと言うわけにもいかない。

それから必死に仕事をしていると、灰炎が顔を見せた。

「宗主、そろそろ身支度の準備をしませんと。主君より、白家の代表として恥ずかしくないように整えろと言づかっておりますから」

身の回りのことは、灰炎が素晴らしい仕事をする。そうしながら、天祐が黒雪花に対して気の迷いを起こしていないか、碧玉の命を受けて監視に来たのだと分かっている。

これを窮屈だと嫌がるどころか、天祐としては、碧玉が関心を向けてくれているだけでうれしい。

「重要な書類はすでに処理していただきましたので、残りはこちらで采配しておきますね。私は散歩でもして参ります」

白蓮は書類を引き上げて、するっと客室を出ていった。灰炎は感心をこめてつぶやく。

「見回りですか。あの方も働き者ですね」

「灰炎様、湯あみの支度は整ってございます」

青鈴が控えめに声をかけたので、天祐は灰炎と青鈴を順に眺める。

「お前達も充分、働き者だ」

「主人のためを思ってのことですわ。お見合いなんですから、評判に関わりますもの」

青鈴は静かに闘志を燃やしている。

「青鈴、主君が『恐らく狐の調査のせいで準備は無駄になるから、今日は体面が整う程度でよい』……と」

灰炎が碧玉の命を口にした。

「まあ、灰炎様。無駄になったとしても、身支度を手抜きするわけに参りませんわ！　天祐様は白家の代表なんですもの！」

それから青鈴は天祐に湯あみさせ、髪を丁寧に櫛けずり、香油をもみこみ始めた。服の着付けは灰炎も参加して、丁寧に整える。用意された青と紺の服は、派手ではないのに洗練されており、天祐によく似合っていた。

「主君の見立てだけあって完璧ですね。男ぶりが上がっておりますよ」

「はあ……」

天祐の気持ちは複雑だ。碧玉が服を選んでくれるのはうれしいが、仮とはいえ、碧玉ではない相手との見合いの場だ。

「ところで、兄上はどう過ごしておられる？　体調は落ち着いたか？」

「ええ、昨日は町を散策に参りましたよ」

「は!?」

黒家の本拠地で、まさか堂々と顔をさらして歩いたのか。

目をむく天祐に、灰炎は説明を付け足す。

「ご安心なさいませ。正体がばれないように、顔の上半分だけ仮面をつけていただきました。そういえば、茶楼《さろう》で噂の人を見かけましたよ。韋疎影殿でしたっけ？　ほら、双子の片割れの……」

「韋疎影？　俺もまだ会っていませんよ」

「琵琶《びわ》の楽《がく》が素晴らしかったです」

「……兄上はなんと？」

「特に何も。楽《がく》が終わったら、すぐに退席しました」

天祐はほっとした。韋暗香は噂通りの美人だったので、弟もそれなりに違いない。碧玉の興味があちらに向くのは嫌だった。

「では、俺に何か言付けは？」

「特にございません」

天祐は顔をしかめた。

「相変わらず、なんて冷たいんだ！　俺ばっかり、兄上を気にしている」

「気にしていないことはないかと。でなければ、そもそも、あの方が旅についてこようなどと言い出しません」

灰炎になぐさめられ、天祐は気を取り直す。

その後すぐに紫曜が顔を出し、黒雪花は今日も体調が悪く、見合いは延期すると告げに来た。

「天祐殿、お詫びに我が領をご案内しますよ」

紫曜は最初からそのつもりだったことをおくびも出さずに提案し、天祐は了承した。

そういうわけで、見合いの場に行くこともなく服を着替えることになった。

「ほら、青鈴。主君がおっしゃる通りになっただろう？」

「まさか見合いの席への移動もないだなんて思いませんでしたわ」

灰炎は碧玉の予想が当たったことを得意げにしているが、青鈴はあからさまにがっかりしている。

「天祐様の格好良さを黒家の皆さんに自慢したかったのに、残念ですわ」

「まだ機会があると思うぞ、青鈴」

二人が話しながら、着付けたばかりの服を脱がせていく。

普段の武官じみた軽装になって、ようやく天祐は息をついた。


黒家の屋敷の裏には、天声山が広がっている。

紫曜は領地を案内するという名目で、天祐と白蓮を連れ、結界や守りの術を見せてくれた。ほとんどは機能しているが、狐塚だけは大きな何かが中から飛び出したかのように崩れ落ちている。

「この狐塚を中心に、五芒星の形で封じの石を置いていたようだな。そのうちの一つが壊れたのが原因だ」

古びた石の一つだけ、完全に割れているわけではないが、真ん中にひびが入った状態になっている。

その様子を見て、天祐は年月を経て封印が劣化していたところに、例の月食の陰気が術に悪影響を与えて耐えられず、ついに封じの石が壊れたのだと判断した。天祐は意見を求めて、白蓮のほうを見る。彼も同意見のようだ。

「ええ、宗主様のおっしゃる通りですね」

「月食の際に一緒に壊れてしまった龍拠を守る結界もすぐに張り直しましたが、その隙に悪しきものが龍拠に入りこんだなら、見つけ出すのは難しいです。……被害が出てからでないと」

紫曜がため息をつくのを聞いて、天祐はわずかに首を傾げる。

「ああ、なるほど。この結界だと、鍋に蓋をしたようなものですか。これまで見た中には、魔除けの類もありましたが……」

「小妖怪でしたら、家を守るおまじない程度の魔除けでも恐れて、外へ逃げ出すでしょう。さすがに大妖怪までは想定していません。そもそも魔除けに近づく前に、結界で侵入を阻《はば》む心積もりでしたからね」

「今まで、例の狐が結界を壊そうとした痕跡は？」

「ありません。龍拠内に侵入していないのであれば、それでいいのですが、俺の直感では近くにいます。なんとなく分かるんです。でも、決定打がなくて……。白宗主が宴で、韋暗香に退魔の術をかけるのを見ました。まさかあれで尻尾を出さないとは」

「他に怪しい者がいるということになります。心当たりは？」

紫曜は考えこんで、首を横に振る。

「韋暗香と共にやって来たのは、韋疎影しかおりません。彼は臆病なので、そんな度胸があるようには見えませんよ。それに父上の衰弱ぶりを見るに、韋暗香が狐だと思うんですが……」

「この件が一筋縄ではいかないことは分かりました。ところで、人食いの被害は？」

「今のところはありません」

大人しくしているところが、いっそ不気味である。

「彼女に浄火をぶつけるわけにもいきませんし……」

浄火は悪しきものしか燃やさない。普通の人間だったならなんの被害もないだろうが、黒家の宗主の側室を燃やそうとしては、輝との関係が最悪になる。

「兄上なら躊躇なく燃やしている気はするが」

思わず天祐が独り言をつぶやくと、紫曜が笑い出した。

「ははは。確かに、碧玉ならやりかねませんね。しれっとして『狐を探せと言ったのはそちらだろう』と答えそうだ」

失礼だと怒るよりも、実際に碧玉ならそうすると確信したせいで、天祐はほんのりと苦笑いを浮かべる。

「でも、その思い切りの良さがいいのです」

そんな話をしていると、碧玉に会いたくなってきた。そわそわと落ち着かない天祐の様子を、紫曜は誤解したようだ。慎重に言う。

「あなたが彼を慕っているのは分かりますが、どうか真似はしないでいただきたい」

「こちらに害をなさなければ、そんな真似はしませんよ」

「……は、はは。意外に過激なところは似ているんですね」

紫曜は目をそらし、口の中で何やらぼそぼそと言っていた。

◆

碧玉は朝日の差す宿の部屋で、疲労をこめてため息をついた。茶楼《さろう》で見かけた疎影の目つきが気になって落ち着かないでいるうちに、一晩が過ぎたせいだ。ろくに眠れなかった。

(今日のところは、大人しくしておくか)

碧玉は龍拠での二日目を、宿から出ずに過ごすことにした。

昨日は白宗主の出迎えで慌ただしくしていた黒家だが、今日は落ち着いているはずだ。仮面をつけた遠縁の振りをしていても、黒家の直感が働いては厄介だ。こちらは余所者なので、不審者だと疑われたら捜査に応じるしかない。

(さて、どう暇をつぶそうか)

碧玉は再び、疎影を思い出す。

琵琶《びわ》を弾いていた彼の様子から、たまには楽器にでも触れようかと思い立ち、適当に下人に用意させたら、二胡《にこ》を持ってきた。後継者教育をみっちり受けたので、碧玉は楽器ならばどれも一通り扱える。演奏が好きというわけではないが、人前で恥をかくほどでもない。

それから窓辺に椅子を置いて、手すさびに二胡《にこ》を弾いていると、黒家に出かけていた灰炎が戻ってきた。

「主君、ただいま戻りました。楽器をたしなまれるのは珍しいですな。退屈なようで」

「昨日の琵琶《びわ》につられたのだ。まったく、天祐ときたら、書類を全て黒家に持っていったらしい。暇だから片付けようかと思ったのに」

幼い頃から忙しくしていたせいで、碧玉は仕事をしていないと落ち着かない性分になってしまった。あの時は隠居を望んでいたというのに、いざ時間ができるとどう過ごしていいか分からない。結局、いつもは天祐が不慣れなせいでためこんだ書類を処理して、時間を有効活用しているが、今回に限ってはそれがない。

「いえ、主君。書類を持ち出したのは白蓮殿ですよ」

「師父が？　何故だ」

「それはもちろん、主君に休んでいただくためです。旅でお疲れなのですから、今日はゆっくりなさってください」

碧玉の嘆きに呆れ顔をして、灰炎はゆるやかに首を横に振る。側近の親切心に対し、碧玉は眉を寄せる。

「一晩休んだから、もう平気だ。お前といい師父といい、過干渉ではないか？」

「それを言うならば、過保護ですよ。お体を壊されてからは、以前のようにとは参りませんでしょうに」

灰炎が小言を口にするので、碧玉は面倒になって話題を変えることにした。体調を持ち出されては分が悪い。

「それで、どうだった?」

灰炎はまだ話をしたそうな様子だったが、しつこくすることはなく、碧玉の質問に答える。

「天祐殿は、昨夜は遅くまで歓迎の宴にお付き合いされていたようですが、特に問題はなかったそうです」

「見合いはやはり中止になったか?」

「ええ、雪花殿が体調不良で延期となりました。その代わり、紫曜殿が天祐殿を散策にお誘いになったそうです」

「散策か。紫曜はそんな下手な言い訳で、狐塚を見に行ったのか。あそこは黒家の許可を得なければ入れぬ禁足地だと聞くのに、例の側室に怪しまれぬか?」

「そこは祓魔《ふつま》の白家ですし、紫曜様はいつものように人懐こくして、天祐様と親しげにしておいででした。友人を秘密の場所に連れていくのは、もてなしになるでしょう。とはいえ、調査のために見合い延期を長引かせるのも難しいでしょうから、滞在は一週間が限度では?」

「まあ、そうだな」

いくら先祖代々旧知の関係である黒家に招待されたからとて、白家の宗主は忙しい立場だ。長々と引きとめるわけにはいかないし、周りからすれば不審に見える。

「天祐が雪花殿に夢中ならばともかく」

「天祐殿は、主君がいない所では、これみよがしに主君に似せた式神を侍《はべ》らせていますよ。そんな言い訳が通用しますか」

灰炎がそんなことを言うので、碧玉は気まずい思いをする羽目になった。客観的に見ると、兄に似た式神を侍《はべ》らせている天祐の様子はまずいのではないか。

「まさか宴の席にまで、式神を侍《はべ》らせているのではないだろうな？　さすがに無礼だぞ」

「部屋でですよ。黒家の使用人に見せつけているんです」

「それは……あやつは不気味がられているのでは？」

「最初はぎょっとされますが、天祐殿はあの通り、人柄が良いので慕われていますよ」

「それは私への当てつけか？」

「碧玉様が冷たいのは、白領では誰もが知っていたことですよ。そして、そこが良かったのです。高貴な身分にふさわしく誇り高くおられて、ご立派でしたから。それに何より、あなたは白領を命がけで護られていた。誰があなたを嫌いますか」

「……ふん」

碧玉はわずかに目をそらす。

昔は民がどう思おうが興味はなかったが、「幽霊」となった身でも構わず尊敬を捧げる家臣を見ていると、さすがに彼らの好意には気づく。碧玉はそれを目の当たりにすると、どういう態度をとればいいのか分からない。

「ふふっ。照れておいでですか？　いたっ」

「うるさい」

「暴力反対です！」

碧玉が灰炎の足を蹴ったので、灰炎は慌てて後ろに逃げる。

「おい、灰炎。適当に舞でも踊ってみせよ」

「嫌がらせもやめてください！」

本気で嫌がって困り果てている灰炎を見て、碧玉の溜飲も下がる。結局、舞は強要することはせず、碧玉は二胡《にこ》をゆるやかに鳴らした。


——深夜。

碧玉はぐっすりと寝入っていた。体力は回復したつもりでいたが、実際は旅の疲れが残っていたのかもしれない。泥に沈むような眠りから、ふと意識が浮かび上がる。

「……ん、あっ」

先ほどから誰かの声がしていて、ぼんやりとしながら、いったい誰だろうかと不思議に思う。

「ああっ」

奥をズンと突かれた衝撃で声を上げ、碧玉はようやくそれが自分の声だと気づいた。横臥《おうが》の姿勢で、誰かが後ろから抱きしめている。部屋は暗く、外からは雨音が響いていた。

碧玉の背筋にぞわりと嫌な汗が浮かぶ。

雨にまぎれて、良からぬものが入りこんだのだろうか。

「……あ？　誰だ、やめ……っ」

何者かに襲われているのかと動揺したのも束の間、碧玉はその誰かを叩きのめすほうに意識が向いた。身動きがとりづらい中、左の肘鉄で攻撃する。

「兄上、俺ですよ、天祐です」

その肘を左手で止めて、天祐がささやいた。

「天祐だと？」

聞き慣れた声に、緊張が和らぐ。しかし、寝起きもあって混乱している。

「何故ここに……うあっ」

天祐は腰を引き、勢いよく叩きつけた。弱いところをえぐられた碧玉はたまらず、ビクリと震える。

「へえ、兄上。まさか俺以外と寝る予定でも？　いったいどいつですか？　教えてください、あとで始末しておきますので」

絶対零度の声音で、天祐は物騒な宣言をする。本気の殺意を感じとり、今度は違う意味で碧玉は震えた。自分の身の安全を確保するため、急いで言い返す。

「馬鹿を言うな！　黒家にいるはずのお前がいるから、私は驚いているのだろうが。しかも寝こみを襲うとは。お前ときたら、何様のつもりだ？」

気持ち良く寝ていたのに、勝手に体を暴かれて起こされた碧玉の機嫌は、当然のように急降下していく。しかも天祐が碧玉の浮気を疑うのだから、余計に腹が立つ。イライラしてしかたのない碧玉に対し、天祐はすねた口調で文句を言う。

「ようやく黒家を抜け出してきた弟に、冷たくはありませんか？　それに、先ほど、誰かと問いましたよね」

「お前がここに来るとは思わぬから、曲者だと考えるのが自然だろうが！」

その辺の人間が、白家の護衛と灰炎をやすやすと突破できるとは思わないが、寝ぼけた頭で思いつくのはそれくらいだった。

「分かったなら、離れよ」

「嫌です」

「……天祐？」

「兄上不足で、俺は死にそうです。それなのに、兄上ときたら、俺がいなくてもちっともこたえてないですよね。平和そうにぐっすりと眠っておられるので、ちょっとむかつきました」

天祐の子どもじみた言い分に、さしもの碧玉も言葉を失う。

「幼児返りでもしているのか？　馬鹿らしい。それでどうして寝こみを襲う？」

「少し触れていれば、すぐに起きるかと思ったんですよ。全く目が覚めないので、ちょっとむきになってしまいました。しかし、中に挿《い》れるまで気づかないなんて、警戒心が足りないのでは？」

「お前がいるのが当たり前になっているのに、どうして警戒するのだ」

不満たらたらに話しながら、碧玉のうなじを甘噛みしていた天祐は、ぴたりと動きを止める。

「……え？」

「だから、お前と寝台にいるのが自然になっているのだ。私が違和感に気づくと思うのか？」

「……兄上っ」

「ひっ。おい、どうして大きくするのだ！」

中にいる天祐自身が元気になったせいで、碧玉は嫌な予感がした。天祐はぎゅっと抱擁の手を強くした。

「俺と寝るのが普通だなんて、うれしいです！　閨《ねや》は久しぶりですし、朝まで寝かせませんよ」

「は？　何故、そうなる！　うあ！」

共に横たわる体勢だったのを、天祐が碧玉を牀榻《しょうとう》に押しつけるようにして下敷きにした。中に入っている天祐自身の角度が変わり、碧玉は悲鳴を上げる。天祐は構わず、まるで獣の交尾のような格好で、後ろからズンズンと突き上げ始めた。

「ひゃ、あ、あ、ああっ」

急に激しく責め立てられ、碧玉はなすすべもなく声を上げるしかない。

天祐と交わるのは数日ぶりだが、特に痛みはない。それどころか、寝ている間に解されていたようで、碧玉の体はすっかり天祐を受け入れている。

「ああ、兄上の中は温かくて心地良いです。兄上はいかがですか？　久しぶりの俺は」

「う、やあっ」

碧玉は猫みたいな声を上げた。

天祐が奥まで入れた状態で動きを止め、碧玉の尻をもんだせいだ。天祐自身に押しつけることで、形をくっきりと分からせようとさせられ、その刺激がたまらない。

「ねえ、兄上。どうですか？」

天祐は腰を引き、浅い所を先端でぐりぐりとえぐる。おかげで、中の良いところに当たり、碧玉はビクリと震えた。

「ああっ」

軽く達してしまい、碧玉自身から白濁がわずかに飛ぶ。

「兄上ってば。気持ち良いですか？」

「～～っ。焦らすのはやめよ！」

良いと言わせようとする天祐に腹が立ち、碧玉はなんとか後ろを振り返って、天祐をにらむ。

天祐がすっと真顔になった。

「兄上、そんなふうににらんでも、逆効果ですよ。涙目でにらまれても、そそられるだけなので」

碧玉は一瞬、何を言われたのか理解できず、きょとんとした。

（そ、そそられる……？）

どういうことかは分からないが、天祐の情欲がさらに燃えあがったことだけは分かった。

「良いと言うまで、寝かせませんから」

「お、おい、待て……っ。――っ」

良いところをえぐるようにして、奥へと突き上げられ、碧玉は敷布をつかんで耐える。

「兄上……碧玉、声を聞かせてください」

天祐は碧玉の膝を立たせて、尻を上げる格好にさせ、腰を叩きつける。肌が合わさり、パンと鳴った。

「ひあっ」

碧玉が声を漏らしたことで興が乗ったのか、律動が速くなる。なんとも言えない水音が寝室に響き始める。

「んっ、あ、あ、や、ああっ」

激しく揺さぶられて息苦しいのに、奥を突かれると、快楽で目の前がチカチカする。

寝ている間に高められていた体は、あっという間に上りつめていく。天祐の左手が、碧玉自身を握り、強くこすられたことで、もう駄目だった。

「ひ、あああっ」

敷布を握りしめたまま、碧玉は声を上げて達する。自身から白濁が飛び散った。

「――っ。危なかった、つられて出すところでした」

ぐっと耐えた天祐が後ろでつぶやき、構わずに腰を揺する。

「待て、達したばかりで……んあっ」

快楽の波が引く前に、再び良いところをえぐられ、碧玉は力なく首を横に振る。

「兄上、たまには素直になっては?」

「……お前ときたら！　ひっ」

――宣言通り、碧玉が良いと言うまでやめる気がないのだ、この弟は。

すっかり体を篭絡されている身としては、どう考えても不利だ。

（少し前まで、気持ち良く寝ていたのに！）

そんなふうに思い出して、意識が余所に向くのを、天祐が放っておくわけがない。両足を後ろから抱えられ、上半身ががくんと落ちて、碧玉はぎょっとした。

「考え事をなさるなんて、随分と余裕がおありのようだ。俺も遠慮しなくていいですよね？」

「お、お前がいつ……ふあっ」

閨《ねや》でいつ遠慮したのだと返す言葉は、嬌声に変わる。

天祐は上から下へと体重をかけながら、その太い陽物で碧玉を貫く。こんなふうに押さえこまれては身動きもできない。ガツガツと容赦なくむさぼられ、碧玉は揺さぶられるままに声を上げる他ない。

「あ、あ、あ」

「はあ。兄上、愛しています……っ」

より強く奥へと押しつけながら、天祐は碧玉の中に精を注ぎこんだ。

「ふ、あ、ああ……っ」

最後の一滴まで残さず精を出そうというように、天祐はぐっぐっと腰を押しこんでくる。それにも碧玉は感じてしまい、頭がふわふわとしてきた。

「はあ」

天祐は満足げに息をつき、ずるりと陽物を抜く。ようやく一息つけてほっとする反面、碧玉は何故か引きとめたいような気になって、切なさが胸に湧く。

「兄上、兄上」

天祐は碧玉をあおむけにし、額から頬へと口づけの雨を降らせる。

「……天祐」

「はい」

碧玉は天祐の両頬に手を伸ばして引き寄せると、彼の唇へ、自身のそれを合わせる。しっとりとした接吻は、どこか甘く感じた。

「兄上」

——ごくり。

天祐が唾をのみこむ音が聞こえる。

これだけ好き放題に抱いておいて、碧玉からの口づけ程度で、あっさりと情欲を再燃させる天祐が不思議でしかたがない。

「好きです、兄上。どうして煽るんですか。俺だって本当は優しくしたいのに」

なじるようなことを言いながら、天祐は再び碧玉に覆いかぶさる。

天祐の愛は、まるで甘い毒のようだ。

(毒杯で殺されるより、ましかもしれぬな)

そんなふうに思ってしまう辺り、碧玉はすっかり天祐に毒されている。そういう死に方なら悪くないと思えるのだから、どうかしているのかもしれない。

自分自身に少し呆れを抱きつつ、碧玉は天祐の背に手を回した。


翌朝、そろそろ昼になろうという時間帯にもかかわらず、碧玉はぐったりとして牀榻《しょうとう》に沈みこんでいた。

結局、途中で天祐のしつこさに根負けをして、「気持ちいい」と言った。だというのに、天祐はやめるどころかさらに盛り上がって、朝まで碧玉を離さなかったのだ。

つい先ほど、黒家へ戻っていった天祐を思い浮かべ、碧玉は恨みがましくぼやく。

「私はいつか、あやつに抱きつぶされて死ぬのではないか……？」

これには、手当てに来た灰炎が苦笑した。

「はは。あり得ないと言えればよかったのですが」

「少しは否定しろ！」

「まあまあ、温石《おんじゃく》をお持ちしましたよ。足湯をするのはいかがですか？」

「起き上がる気力がない」

うつぶせに寝ている碧玉を灰炎が憐れみの表情で眺め、その腰の上に、布を巻いた温石《おんじゃく》をそっとのせる。温度加減がちょうどよく、痛みが和らいだ。普段は使わないような場所の筋肉も痛み、ろくに動けない。

天祐の所業を思い出すと忌々しい気分がぶり返し、碧玉はうめく。

「天祐の奴、夜中に黒家から抜け出してきたのに、この明るい中をよく戻れたな」

情人との逢瀬で外泊した場合、恥を忍んで、薄暗い明け方に戻るものだ。天祐は朝日が煌々と差す頃になってから帰っていった。

灰炎はふっと笑う。

「若者が夜遊びしたくらいで、そう騒ぎませんよ。少しばかり機嫌が良過ぎて、不審には思われたでしょうが」

黒家の人々の反応を想像するのは簡単で、碧玉としてはため息しか出ない。

「私が黒領まで来たのは、天祐がおかしな真似をしないように、監視するつもりだったというのに。このざまではな」

どうして抱きつぶされて寝こんでいるのだろうか。

「白蓮殿がおりますから、大丈夫ですよ。私もたまに様子見に行っておりますしね」

白蓮は碧玉だけでなく、天祐にとっても師である。天祐にとって、頭の上がらない存在だ。天祐が経験不足から下策を取りそうになったら、止められるはずだ。

「天祐殿はまだまだ領地運営に不慣れでございますから、主君が宗主らしい振る舞いを補佐してくださるおかげで、なんとか面目を保っておられますよ」

「そもそも、あやつを後継者とするつもりだったから、教師に勉学を叩きこませている。たいていのことはどうにでもなるだろう」

「そこはほら、場数をこなすのが大事ですよ。天祐殿は主君より優しいですから、情に流されそうなのは心配ですがね」

「ふん」

碧玉は鼻を鳴らす。自分が冷酷なのはよく分かっている。他領に親切にし過ぎるなんて、もっての外だ。

「天祐には、その場で決断を出さないように言ってある。詐欺まがいのことをする連中は、その場で返事をさせようとするからな。黒家の連中に舌先三寸で丸めこまれなければ、上々だろうよ」

碧玉はひとまず納得し、話題を変える。

「灰炎、今日こそ見合いか？」

「いいえ。今日も雪花殿は寝こむご予定だそうなので、狐の調査ですよ」

「例の側室はどうだった？」

「妖艶な美女です。黒宗主はすっかり心を奪われて、夢中になっているご様子ですね。韋疎影とは双子と聞いておりますが、韋暗香のほうが美人に見えました。琵琶《びわ》の演奏は、お二人とも見事なものだと、白蓮殿がおっしゃってましたよ」

白家を迎える初日の宴で、疎影は姉に邪魔だと追い払われたのではなかっただろうか。

碧玉が疑問をこめて灰炎を見ると、灰炎はすぐに察して説明を付け足す。

「昨日の夜に開かれた宴では、韋疎影が演奏をされたみたいですよ」

「正室との関係性はどうだ？」

「黒宗主以外は全て、韋姉弟を家に入れることを反対されていたようです。どの方も冷ややかなものですよ。ただ、あの側室は使用人を上手く取りこんだようで、離れでの生活は快適なようです」

「紫曜も雪花殿も、側室いじめをするような者ではない。当然ではないか？」

「ええ。しかし、使用人は主人の意向に従うばかりではありません。流浪の人間ならば、使用人よりも立場は下と見て、この好待遇を不愉快に思う者もいるでしょうに」

使用人への対応を見ると、韋姉弟はそれなりに世渡り上手らしい。流浪の術だろうか。

「うさんくさくて、怪しいことこの上ない」

「ですよねえ。家長があの体たらくですから、紫曜殿も大変ですよね」

しょせん、灰炎にとっては他人事なのだ。少し面白がっている様子さえ見られる。

「狐のほうはどうなっている？」

「結界内に入りこんでいるのは確実なようですが、人食いもしていませんし、目的は不明です」

「まどろっこしい。――分かった、そろそろ頃合いだな。夕方には私も黒家に入りこむとしよう」

「はは、そろそろしびれを切らすのではと思っておりましたよ。準備は済ませておりますので、いつでもどうぞ」

碧玉はそつのない返事をする灰炎を眺める。

「なんです？」

「お前が狐だったら最悪だと思ってな」

「主君に何年お仕えしていると思うんですか。狐ごときに、私の代わりなんてできませんよ」

夕闇にまぎれ、碧玉は白家に招かれている遠縁の食客《しょっかく》のふりをして、堂々と黒家に入りこんだ。

仮面で顔を隠した怪しい男が現れたので、黒家の門番は動揺したが、灰炎がとりなしたので、碧玉はとがめられることなく通過した。天祐の馬車に、客の身分の遠縁が同乗していたことは、黒家の連中も知っているからだと思われる。

それに加えて、碧玉には自慢にもならない特技がある。碧玉が自信たっぷりに話せば、たとえ嘘だったとしても、生来の威容に気圧されて真実のように聞こえるというものだ。

「さすがです、銀嶺様。あなた様が詐欺師になったら大変ですな」

灰炎はひそひそと軽口を叩く。碧玉は横目でじろりと灰炎を見た。

「お前の口は随分調子がいいようだな。あとで縫いつけてやろうか」

「冗談ですよ。怒らないでください！」

「ふん」

――蹴らないだけ優しいと思え。

碧玉は傲岸不遜に顎を上げ、黒家の屋敷を眺める。

黒家の屋敷に来たのは、亡き父青炎に連れられてやって来た幼い頃と、月食の厄災の時くらいだ。

相変わらず、質実剛健という言葉が似合う。

（さて、首尾よく黒家に入れたものの、主人にあいさつに伺うべきだが、紫曜に会うと面倒だな）

お人好しなせいで間抜けに見えることもあるくせに、観察眼が鋭い男だ。黒家の異能である直感も厄介である。しかし、客として来た以上、礼儀を払わなければならないので、宗主である黒輝には会わなくてはならない。

灰炎の案内を受け、天祐が泊まる客室のほうへ廊下を歩いていくと、白家の門弟や使用人と出くわし、ぎょっと驚かれた。すかさず拱手《こうしゅ》するのを手ぶりで追い払う。彼らの様子に、黒家の家人はいぶかしげにしている。

「あに……ゴホン、銀嶺、こちらにいらっしゃるならお迎えに参りましたのに」

白家の門弟が知らせたのか、いささか取り乱した様子で天祐が現れた。拱手《こうしゅ》しようとする腕をつかんで、下ろさせる。

「白宗主、若輩の身にそのような対応、おやめください」

無意識に礼儀を示す天祐に、碧玉は冷たい声で圧をかける。正体を隠しているのに、天祐が不審な行動をとるとこちらとしては困るのだ。

「え、は、はい。……俺に敬語だなんて。いやでも、そういう遊戯だと思えば悪くないかも」

ぼそぼそと意味不明なことを言って、天祐は何故か顔を赤らめる。

「どうしてこちらに？」

「まどろっこしいゆえ、かき回し……いえ、例の問題を解決しに参りました」

「なるほど」

天祐は特に反論もなく、笑顔で頷いた。

陰でざわついたのは、黒家の使用人だ。「え？　なんだか怖いことを言ったけど、そんな一言で済ませていいの？」と小声をかわし、白家の使用人の様子をうかがうが、やはり誰も否定しない。疑問は聞こえただろうが、誰もが知らぬふりを貫く。そのかたくなな空気に面倒事の気配を感じ取ったのか、賢明な黒家の使用人は気にしないことにしたようだ。

「あとで主人にあいさつに伺わねばなりませんから、よろしければ、白宗主に付き合っていただきたい」

「ええ、もちろんです。さあ、俺が過ごしている客室はこちらですよ。隣室をあけますから、そちらに」

「かたじけない」

客室へと場所を移すのをありがたく思うのは本音だ。身分の低い者のふりをするのは、碧玉には疲れるのである。碧玉より上の身分となると、帝とその妃しかいないので、言葉選びを一つとっても、滅多に使わない気遣いが必要になる。

側近のための隣室は、警備の都合で白蓮が使っていたらしいが、連絡が来てすぐに片付けたのか綺麗なものだ。

部屋に入って灰炎が扉を閉めるなり、天祐が碧玉の傍に来てささやいた。

「兄上！　突然いらっしゃるなんて危険です！」

「何が突然だ。白家への歓迎が落ち着いたら、黒家に来るとは話しておいたであろう」

かぶった猫を放り捨て、碧玉はしれっと返す。そして、部屋を見回した。

「宿とそう変わりないな。使用人用にしては、良い部屋ではないか」

「この程度の部屋に兄上を泊めるなんて、俺としては嫌ですが」

「野宿よりはましだ」

黒家の人間が聞いたら、失礼だと怒り出しそうな言い方だが、碧玉にしてみれば、己の嗜好で統一した白家の本邸以外、どこだろうと評価は下だ。

碧玉は天祐をじろりとにらむ。

「何をぼやぼやしているのだ、天祐。紫曜がいるのだから、遠慮せずにどこでも踏みこんでしまえばよいだろうに。面倒を持ってきたのは紫曜のほうだ。後始末はあの者に任せればいい」

「しかし、黒宗主には遠慮しないといけないでしょう？　青炎様のご親友ですよ」

「どういうことだ」

天祐から詳細を聞き出した碧玉は、眉間にしわを刻む。

「なんと情けない。巫術《ふじゅつ》に通じる黒家の主人が、狐の術中にはまるとは」

「九尾相手ですよ」

「だからなんだ？　女に惑わされているのは事実だ。――ふむ」

碧玉は考え事をしながら、室内を歩き回る。

「ところで、兄上」

ひそめた声で碧玉を呼び、天祐は碧玉の肩をつかむ。

「まさかその仮面をつけた格好で、外に出たんですか？」

天祐が目をらんらんと光らせるので、碧玉は心持ち、背をそらした。

「そうだ。顔にやけどをしていると言えばいい」

「顔の上半分を隠したところで、美しさは誤魔化せませんよ。それどころか、好奇心がかき立てられるではありませんか。駄目です、いけません、背徳が過ぎます！」

「馬鹿ではないか？」

碧玉は冷たく言って、天祐の手を払いのける。いくら恋人とはいえ、ひいきし過ぎだ。

「ところで、人食いは出ていないというが、本当か？」

「ええ、師父が調べた範囲では」

「黒宗主の精気で満足しているのか？　最近、消えた使用人はいないのか？」

「おりませんよ。韋暗香は上手いこと使用人を取りこんでいるようです」

「……ふん。どうだかな」

いくら美人だろうと、流れの楽師に対して反発しない使用人がいるだろうか。

「お前は自分が幼い頃のことを忘れたのか？　宗主が認めても、女主人と子どもが嫌っていればどうなるか」

碧玉の指摘に、天祐は言葉を詰まらせる。

「ですが、側室と養子では立場が違います。俺は子どもだったから、いじめられても耐えるしかなかった。側室は旦那に告げ口をすればいいだけです」

「……一理あるな。では、使用人は宗主への告げ口を恐れて、側室に仕えていると？」

「金で釣ることだってできます」

「ああ、そうだ。だがな、天祐。人間はそうたやすくはない。自分より劣る立場にいた者に命令されて、それを不快に思わない者が一人もいないと思うか？　本当に何も問題は起きていないのか？」

天祐は記憶を辿る仕草をした後、頷いた。

「ええ、特に問題はなかったようです」

「些細ないざこざもないとは……。韋暗香はよほどの世渡り上手と見えるな」

碧玉はふっと口端を吊り上げる。

「面白い。韋暗香はどちらだろうな。本物の人格者か、人心掌握に長けた曲者か。前者ならば会うだけの価値はある」

そのような女人《にょにん》は滅多といないので、碧玉の好奇心が刺激された。

「それはさておき。天祐、黒宗主にごあいさつを申し上げたら、黒家の庭を散歩するとしよう」

「は、はあ……」

突拍子もなく庭の散策を誘われたように思えたのか、天祐は面食らって呆けた顔をした。

久しぶりに会った輝の変わりように、碧玉はしかめ面になるのを我慢した。

以前はつらつとした真面目な男だったのに、精気を奪われてすっかり腑抜けている。水でもかけて、しっかりしろと叱りつけてやりたい衝動に駆られたものの、想像だけで勘弁してやることにした。そんなことをすれば、さすがに黒家と白家が対立するからというのもあるが。

「こちら、遠縁の雲《うん》銀嶺殿です。事務仕事に長けるので、食客《しょっかく》として、私の仕事を手伝ってもらっています」

「英明と噂の黒輝様とお会いできて光栄にございます」

天祐の紹介を受け、仮面をつけた碧玉は、声色を微妙に低くして、丁寧にあいさつをした。おべっかも忘れない。

黒輝は目を細めた。褒められて機嫌を良くしているのを、なんとなく察する。

「これは見事な銀髪ですね。白家の遠縁……雲家などございましたか?」

黒輝はけげんそうにした。白家の遠縁で本家に出入りできるのは雲海《うんかい》家くらいだが、黒家が白家の親戚について細かく知っているはずもないので、碧玉はそうだと突き通す。白領には、名を忘れられた遠縁もごろごろしているからだ。雲とまぎらわしい家名にしたのは、いかにも雲海家とつながりがありそうだと勘違いさせるのが狙いだ。

「ええ、ございますよ。かなりの遠縁ですので、ご存知なくてもしかたがないでしょう」

碧玉の堂々とした態度に加え、白家宗主の紹介ということも相まって、ここまではっきりと肯定すれば、嘘とは思わない。疑えば、紹介している白宗主の信頼を損なうので、深く口出しもできない。

灰炎が言う通り、碧玉が詐欺師だったら大変だ。白家の仕事でなければ、こんな真似はしないが。

「これは失礼した。新しく客室をご用意しましょうか」

「ご厚意に感謝を。しかし、白宗主の補佐のために参った次第ですので」

「黒宗主、私の隣室を使わせますので、お気遣いなく」

天祐の口添えもあり、黒輝はそれを受け入れた。

「何かご不便がございましたら、使用人にお申しつけください。ごゆるりと過ごされよ」

黒輝は仕事があるからと、席を立つが、そのまま額を押さえてふらついた。傍に控えている従者が、さっと手を差し出して助ける。

「宗主様、大丈夫ですか？」

「ああ、立ちくらみがしただけだ。では、失敬」

黒輝は疲れた様子で言い訳をして、黒い衣の裾をひるがえし、謁見していた広間を出て行った。従者がすぐに後を追いかける。

「――ふむ。あの男が助けを求めに、白家に来るわけだ。このままでは一月《ひとつき》ももつまい」

口元を手で覆い、碧玉は天祐にしか聞こえない程度の声でつぶやく。

「銀嶺」

天祐が軽口をとがめる。

広間には黒家の使用人がいて、白家の食客《しょっかく》である銀嶺という男を品定めしている。ほとんどは驚きと嫌悪の色を浮かべている。

碧玉は不思議に思った。驚きは理解するが、あの嫌悪の表情はどういう意味だろうか。彼らはひそひそと言葉を交わしている。

「新しい白宗主が、亡き兄君に妄執しているという噂は本当だったか」

「兄君そっくりな式神を見た時も、どうかしていると思いましたけどね」

「ご覧になって、あの銀嶺という方。目元こそ分かりませんけど、碧玉様と容姿や佇まいが似ていらっしゃるわ。役人まで容姿で決めて、傍に置かれるなんて……」

耳を澄ませてみると、天祐を不気味がったり采配を疑ったりする声ばかりだ
(まあ、似ているというか、本人なのだがな)

装いを格下のものに変え、仮面をしたところで、碧玉を知る者の前では、碧玉らしさというのは分かってしまうものらしい。碧玉が懸念していたように、天祐は役人を容姿で決める愚かな男だと思われている。

礼儀正しい者ならば見て見ぬふりをすることだが、どうやら黒家の使用人の質は低いようで、本人がいる場で話している。主人の耳に入れば罰を受けるような失態だ。

「天祐、私だったら、あのような軽口は許さぬものだが」

客である天祐が罰してもとがめられないだろう。碧玉が暗に罰を与えないのかと問うと、天祐は気にした様子もなく、笑って答える。

「いいんですよ。あんなふうに噂をしてくれたほうが、今後も見合いを断るのにちょうどいいので」

天祐は気にとめてもいないどころか、歓迎している節《ふし》すらある。

一途なのはいいとして、優し過ぎるのはどうだろうか。格下が調子に乗るのを許せない碧玉はい

らついたが、今は幽霊の身なので我慢した。

　ふと思いついて、使用人のほうに背を向け、さっと式神を召喚する。

「行くぞ、天祐。庭を散策するとしよう」

　天祐に声をかけ、すたすたと広間を出ていく。

「うわあ！」

「鼠《ねずみ》だ！　捕まえろ！」

　背後から悲鳴が聞こえてきた。

　碧玉は袖で隠した口元で、にんまりと笑う。

「兄上、少し子どもっぽくはありませんか？」

「なんだ、天祐。お前はあれらの血を見たかったのか？」

「本当に冷たいんですから。分かりました、悪戯くらいは許容しましょう」

　天祐は呆れ顔をしていたが、どうやら平静を装っていただけらしい。建物の外に出るなり、天祐と灰炎がそろって噴き出し、しばらく肩を震わせていた。


「これはこれは、白家からご同行された遠縁の方ではないですか。父上にあいさつに来たと小耳に挟み、私もごあいさつに参りました」

　碧玉達が庭に出ると、黒紫曜が追いかけてきた。

「先代の白宗主と雰囲気が似ているので、驚きましたよ。ご存知かと思いますが、私は黒紫曜です」

「雲銀嶺と申します」

碧玉は拱手《こうしゅ》をし、丁寧にあいさつを返す。

「失礼なのは承知で問うが、雲なんて家名があったかな？」

紫曜が首を傾げ、碧玉に興味を示すので、天祐がすかさず間に割りこんだ。

「ありますよ。遡れば、雲海家の主の曽祖父の八番目の弟に行き当たります。俺の仕事を手伝ってくれている者なので、どうぞ！　お気遣いなく！」

「曾祖父……八番目……ええと、はい、分かりました」

天祐が笑顔で圧をかけたためか、紫曜は心持ち身を引いた。空気を読むのに長ける紫曜だけあって、しつこくはせず笑顔を浮かべて話題を変える。

「ところで、父上と会われた後で、広間に鼠《ねずみ》が出たとか。客人にご迷惑をかけませんでしたか？」

「何もありませんでしたよ」

素知らぬ顔をして、天祐が答える。灰炎が笑いそうになるので、碧玉はその足を踏んだ。

「うっ」

「灰炎殿、足元をちゃんと見ないと転びますよ」

「これはどうもご親切に」

灰炎がひどいと言いたげにこちらを見るが、碧玉は当然無視した。

「そうですか、何もないのなら安心しました。そうそう、庭を散策されたいとか？　私がご案内いたしましょう」

できれば紫曜と長く一緒にいたくないが、彼がいるならばできることもある。

「それはありがたい。できれば狐が潜んでいそうな辺りを見たいものですね」

「……ああ、なるほど。では、あちらはいかがでしょう？」

遠回しに韋暗香の居室の傍がいいと伝えると、紫曜はすぐに意図を汲み取って、そちらに歩き出す。

「母上と妹が植物好きで、我が家には果樹から花までいろいろと植えてあるんですよ。今は秋海棠《しゅうかいどう》が盛りですね」

大きな緑の葉がいくつも並ぶ中に、淡い紅色の花が咲いている。控えめな美しさは、黒家の質実剛健な屋敷の雰囲気によく合っていた。

「父上が海棠の花を好んでいましてね。こちら様の居室の庭には特に、春には海棠が、秋には秋海《しゅうかい》棠《どう》が咲くようになっているんですよ。お祖母様が生きておられた頃は、母上はこちらで暮らしていたので……」

紫曜は不自然に言葉を切った。自分でもおしゃべりが過ぎたと思ったのか、気まずげに眉を寄せている。

両親が若い頃に甘い時期を過ごした離れに、今は娘とそう年齢が変わらない側室が暮らしている。

(皮肉なことだ。ぎりぎりまで白家に応援要請に来ないのも、理解できるな)

身内の醜聞を表に出すのは、いくら幼馴染でも躊躇するものだ。いっそ、見知らぬ相手のほうがやりやすいかもしれない。

他家では側室や妾をもうけるくらいは当たり前だが、黒家は伝統的に子どもができないなどのどうしようもない事情がない限り、正室しかめとらない。そんな事情もあって、気が引けたのだろうか。

「紫曜殿、つまり昔から、こちらの庭は整備されていたと？」

韋暗香の居室近くの庭まで来ると、天祐が不思議そうに問う。

「ええ、そうなんですが」

紫曜の言葉が、自信が無さそうに尻すぼんでいく。

寵愛する女が住んでいる家の庭だ。さぞ手入れも念入りだろうと思いきや、咲き乱れる秋海棠《しゅうかいどう》の株の一部が不自然に減っている。だというのに、そこだけ妙に花が生き生きとしている。

碧玉は灰炎を振り返り、顎で示す。調べるようにという意図を即座に読み取り、灰炎は剣を手に、そちらに歩み寄った。

「うっ、なんでしょうか、このにおいは」

碧玉もそちらに歩み寄ると、確かに嫌なにおいがする。

碧玉はすぐに分かった。

妖や魔に全滅させられた村や戦場でもかいだことがある。――死臭だ。

どうやら魔除けはしてあるようで、怨霊がとどまっている気配はない。

「黒家の宗主は、思い入れのある庭に、墓を作る趣味がおありのようだ」

袖で鼻を覆い隠しながら、碧玉は皮肉っぽくつぶやく。

その視線の先では、灰炎が鞘《さや》でほじくった土の中から、白骨化した手が覗いていた。

「父上がこんな真似をするはずがないでしょう！　あの女がやったに決まってる！」

碧玉が死体を埋めたのが黒宗主ではないかと言ったので、紫曜はかっと怒りを見せた。思わずと
り乱すほど、家族愛が強い紫曜には許せない言葉だったらしい。彼の顔は青白く、自分の家の庭か
ら死体が出てきた衝撃のせいか震えている。

碧玉は気にせず、紫曜に問う。

「ふむ。その女とやらは、宗主を除いて誰もが疑いを持っている状況で、庭に証拠を埋めるような
考えなしなんですか？」

「それは……」

紫曜の声が尻すぼむ。彼の声には迷いがある。

碧玉は紫曜が何を考えていようと興味はない。犬の式神を召喚し、死体を掘らせる。

「……あなたはいったい何をなさっておいでなのか」

碧玉が淡々とした態度を崩さないので、紫曜はとうとう尋ねた。天祐が代わりに答える。

「はは、紫曜殿。どう見ても死体を掘り出しているじゃありませんか」

「天祐殿、そんなことは見れば分かります！　こんな状況で、どうしてそんなに落ち着いているん
ですか。においはひどいし、恐ろしいでしょう！」

碧玉はわずかに首を傾げる。

「月食の厄災以降、私はこういったものは見慣れておりますし……。動かない死体の何がそんなに恐ろしいのか分かりませんね」

「そ、そりゃあ、白家の道士ならば、各地に派遣されたでしょうが……」

「あなたは何もお分かりでない。生きている人間のほうが怖いものですよ。――ふむ、やはりな。白骨がこれほどにおうわけがない。もう一体あると思った」

新たに腐敗しかけた死体を掘り出し、犬の式神は心底迷惑そうに鼻面にしわを寄せる。式神で呼び出した動物でもにおいを感じるのだろうか。人間だったら、くさくて最悪とでも文句を言っていそうだ。

碧玉は犬の頭をなでて労をねぎらい、術を解く。ひらりと落ちた黄色い札を空中でつかみ、懐《ふところ》にしまった。

「紫曜殿、この衣服に見覚えは？」

どこかうらやましそうに犬を眺めていた天祐は、紫曜に問う。

白骨は男の子のもののようで、腐敗しかけの死体は女のようだ。長い黒髪に木製のかんざしがささっている。

「この離れにつけた使用人の母子かもしれませんが……」

紫曜はあいまいに言って、首を横に振る。天祐は遠慮なく追及した。

「何か問題が？」

「今朝、二人に会いました」

「くくっ」

思わず碧玉は笑い出してしまう。

「何がそんなにおかしいのですか？」

頭がおかしいのかと言いたげに、紫曜が怒りをこめて質問する。

「もしこの死体がその母子なら、黒家は狐に化かされるのが日常になっているのかと思いまして。この大事な時に、あなたがたの異能はだんまりですか？」

「銀嶺」

碧玉がからかうので、天祐が腕を引いてたしなめる。

「妙な気配などなかった！」

「――なんであれ、側室の住まいの庭から死体が出たのは事実。多少、手荒な尋問をしても許されるでしょうね。白宗主、せっかくの機会ですから、韋暗香を浄火で燃やすのをおすすめしますよ」

「……そう言い出すような気がしていました」

遠い所を見るような目をして、天祐はため息まじりにつぶやいた。

死体という決定的な証拠をつかんだ紫曜は、すぐに使用人を呼び、家の者全てを離れの庭に集合させた。

衛士に取り押さえられた韋暗香の姿に、輝が動揺を見せる。

「暗香！」

「旦那様！」

憐れな声を出す暗香に同情したようで、輝は紫曜をにらむ。

「紫曜、暗香に何をしているんだ。側室だからといびるのは許さんぞ！」

紫曜はさっと拱手《こうしゅ》をして輝に礼儀を示すと、庭の死体を示した。

「父上、韋夫人の部屋の庭から、あのようなものが見つかりました」

白骨と腐りかけの死体に、さしもの輝も暗香をかばう言葉が見つからないようだ。わなわなと震えながら、口を開けては閉じる。

そこに遅れて春麗が、娘の雪花や侍女を伴って現れた。雪花は以前碧玉が会った時よりも大人びて、美貌がより輝いている。そこにいるだけで、辺りが明るくなったようだった。病人設定のせいか、黒髪はきちんと結ってはいるものの、地味な灰色の襦裙《じゅくん》を着ている。

「紫曜、いったい何事ですか」

「母上、雪花、落ち着いて聞いてほしい」

紫曜はそう切り出したが、屋敷で大事に育てられている雪花は、死体を見るなり卒倒した。

「きゃあっ、雪花！」

「お嬢様！」

春麗は悲鳴を上げ、侍女が雪花をとっさに受け止める。

「ご婦人には刺激が強過ぎたようですね。紫曜殿、お部屋に下がっていただいては？」

天祐は気の毒そうに言ったが、なんとか気を取り直した雪花がそれを否定する。

「いいえ！　自分が住まう屋敷で、こんなことが起きているほうが恐ろしいですわ。どうか詳しいことを教えてくださいませ」

青ざめた顔で目をうるませる雪花は、はかなげで色っぽい。

碧玉は天祐の様子をうかがった。雪花は『白天祐の凱旋』でのメインヒロインだ。もしや惚れてはいないだろうか。だが、何故か天祐は碧玉のほうを見ていた。ばっちりと目が合う。

「なんだ？」

「いえ」

意味不明の返事だったが、天祐は雪花のことは眼中にもないようだ。碧玉はそれで安心し、白家の客人であるのをいいことに高みの見物を決めこみ、集まった人々を観察することにした。

春麗は落ち着き払っているが、よく見ると体が震えているし、顔も青白い。卒倒した雪花といい、寝耳に水といったところだろうか。

（自分の寝所の傍に、死体を隠すなど愚かだ。正妻の罠ということも考えたが、こんな離れた場所に死体を運びこませるほうが危険か）

もし春麗が本気で側室を追い払いたいと思っているなら、死体を使うより、間男を送りこんだほうが早い。どんなに溺愛している男でも、不倫されたら激怒して、側室を追放するだろう。それに春麗には薬草の知識があるのだから、気づかれない程度に少しずつ毒を仕こむくらい簡単なはずだ。

（王宮ならともかく、この屋敷の警備は手薄だしな）

では次に、輝だ。側室を溺愛している彼が、暗香を陥れる利益はない。彼も犯人ではない。

それから暗香を観察する。彼女の顔色は血の気が引いて真っ白で、震えるあまり、歯がカチカチと鳴るのが聞こえた。

（明らかに怪しい韋暗香は怯えきっているな）

罪の意識にしては、このやり口はお粗末過ぎる。

暗香を邪魔に思っているだろう紫曜も疑わしいが、碧玉はすぐに否定した。

（紫曜は違うな。あやつは必要ならば邪魔者の排除くらいはするだろうが、罪のない者を殺すほど冷酷ではない。そこに埋まっているのが韋暗香だったら分かるが。やはり、狐がまぎれているとして、いったい誰だ？）

そこでふと、暗香の弟である、疎影の存在を思い出した。彼もがたがたと震えており、情けない有様だ。

怪しいと思えば全員が怪しいし、そうでなければ被害者ばかりということになる。

（面倒だな……）

ここが白家だったら、とりあえず碧玉は暗香を牢に送って、厳しく尋問させるが……

黙考していると、天祐が口を開いた。

「皆さん、こちらに埋まっている、かわいそうな人達が誰か分かりませんか？　離れには母子が働いていると、紫曜殿から聞きましたが」

「ああ、そうだった。李《り》さん親子はどこだ？」

紫曜が使用人に声をかけると、若い下男が二人を前へと連れてきた。若い下男が、二十代半ばほどの女と、五歳くらいの男の子の袖をつかんでいる。李という姓らしい二人は気もそぞろで、しきりに離れのほうを気にしていた。

「ほら見ろ、二人は無事だ」

紫曜は碧玉に向けて言った。黒家の異能が仕事をしていないとからかったことを、根に持っているようだ。

「二人は何故《なにゆえ》、そのように離れを気にしている？」

碧玉は紫曜に構わず、李親子に問う。「離れに何か隠しているものでもあるのか？」

紫曜の問いに、女はぼんやりと紫曜を見つめ返し、返事をしないで頭を下げる。

「おい、李さん。聞いているのかい？」

碧玉は李親子のぼんやりした様子と顔色の悪さからぴんとくるものがあり、口を挟む。

「誰か、ここ数日で、こちらの子どもと話した者はいますか？」

子どものほうを話題にしたのは、埋まっていた死体の様子が違っていたからだ。子どもの死体は白骨化しており、早くに死んだことが分かる。

（しかし、肉を食われたのなら、どちらが先という判断はできぬが）

人肉を好む妖怪は、やわらかい子どもの肉を特に好む場合がある。そういった時は、肉も臓物も残さず食べて、骨の髄まですすることもあった。

あの月食の日以来、妖邪が各地で勢いを増して、村が全滅することもあった。人肉を好む妖怪に襲われた村は、今まで暮らしていた家はそのままに、白骨があちらこちらに落ちているだけという、うら寂しさと不気味さがあったものだ。

下男下女らは視線をかわした。名乗り出る者がいない。

「紫曜殿は昨日、この子とお話をされたのですか？」

天祐の問いに、紫曜は否定を返す。

「いや、あの子は礼をしたが、ちょうど忙しそうにしていたから、話しかけなかったよ」

「なるほど、なるほど。では、こういうことか？」

碧玉は子どものほうへ近寄ると、宙にさっと呪を書いて、子どもの額に指先を押し当てた。子どもは驚いて目を丸くし、その姿が消えて、黄色い符がひらりと落ちる。

地面に落ちた符を、灰炎が素早く拾い上げて天祐に見せる。

「白宗主、こちらは……」

「間違いなく式神の呪符だ」

眉をひそめた天祐が、今度は母親のほうに解呪の術をかける。そちらの姿も消え、黄色い符に変わった。

これには黒家の人々はざわついた。

紫曜だけでなく、輝も動揺を見せる。

「何故だ。何も違和感はなかった」

「私の異能も沈黙していた。雪花はどうだ？」

雪花もふるふると首を横に振る。彼女は恐ろしそうに、母のほうへ身を寄せた。

「悪しき者が近づけば、変な感じがするものですが」

雨に打たれるか細い花のような風情だ。そんな場合ではないだろうに、黒家の者達は雪花に見とれている。一方で、白家の面々は冷静なままだ。

この期に及んで、黒家の異能が上手く働かないことをいぶかしんでいる彼らを眺め、碧玉は呆れた。龍抛どころか黒家の屋敷にまで何者かが潜りこんでいて、使用人の母子を殺し、それを変に思わせないように式神と入れ替えた。

どうしてそんな真似をしたかは知らないが、この場で限りなく怪しいのは暗香だ。彼女がやたら怯えているのが引っかかるものの、碧玉は無駄話を続けるのが面倒くさかった。

黒家がざわついている隙に、天祐の隣に移動して、肘で小突く。ひそりとささやいた。

「天祐、さっさとあの女を燃やせ」

「……銀嶺」

「人間ならば死にはせぬ。お前が不興を買いたくないというなら、私がやろう」

「分かりました、私がしますから、後ろに下がっていてください」

天祐は心底嫌そうに言って、碧玉を灰炎のほうに押しやる。天祐に邪魔扱いされて、碧玉はむっとした。

「なんなのだ、あやつは」

ぼそっとぼやくと、灰炎が小声で応じる。

「宗主様は主君が注目されるのがお嫌なんですよ。どうして分かるのかというお顔ですね。そりゃあ、分かりますよ。宗主様はずっとそうおっしゃっているではありませんか」

そういえば天祐は、碧玉が仮面をつけている姿すら、他人にそんな姿を見せたのかと騒いでいたことを思い出した。

あれは碧玉には、謎の感覚だ。

碧玉は天祐が注目されてほしくないと思ったことがない。まだ天祐を受け入れられないでいた幼い頃は、天祐が褒められるのも嫌だったが、今となっては気にならない。後継者とすべく育てたのだから、周りから立派だともてはやされるのが当たり前だ。

(やはりよく分からぬが、まあいい。後ろで見物といこう)

碧玉はにやりと意地悪に笑う。

(これで、狐の仕業かどうか分かるというものだ)

碧玉が眺めていると、覚悟を決めた天祐が、輝に話しかける。

「黒宗主、この場所で面妖なことが起きているのは、間違いありません。使用人の母子は式神とすり替わっていた。あちらに埋まっている死体は、女と子どものものです。彼女達だと考えるのが妥当でしょう。――失礼だが、あのかんざしに見覚えのある者は?」

天祐は女の死体にささっている装飾品を示し、周りを見回す。使用人頭がすぐに反応を示した。

「李さんのものです。亡くなった夫にもらった品だと、前に話していましたから。それに……そちらの子どもの衣にも見覚えが。李さんの息子さんのものかと……」

その場に沈痛な空気が流れた。親しかったのだろうか、そのうちの何人かがつらそうにすすり泣く。

「韋夫人が彼女達を式神だと気づかなかったなんてことがあるでしょうか。人の姿を模した式神は、簡単な命令しか聞けませんし、先ほどのように話しません。生活に支障があるのでは？　それに、この庭は住まいの目の前にあるんです。嫌でも窓から目に入る。違和感を察しないものでしょうか。ですから、私はこう考えます。二人の主人である韋暗香になんの思惑もないのは不自然だ、と。黒宗主、ここで私に一つ、試させていただけませんか」

輝は眉をひそめつつも、天祐が理路整然と並べる理屈を黙って聞いている。そしてとうとう態度を選んだ。彼は暗香をちらりと見て、再び天祐へ視線を戻す。苦々しげに問う。

「……白家の浄火を使うのですな？」

「そんな、宗主様！」

青ざめた顔に涙を浮かべ、暗香が輝に助けを求める視線を向ける。

天祐は頷いた。

「そうです、黒宗主。そのように心配しなくても大丈夫ですよ、韋夫人。浄火は、人間にはなんの効果もありませんから」

もし暗香が妖怪だったら、無事では済まないだろうが。

暗香はきょろきょろと周りを見て、双子の弟を見つけ出した。

「疎影！　助けてちょうだい！」

「姉上……」

疎影もまた、暗い表情をしている。姉を心配しているようだが、ここでかばう真似をしても、お互いに立場が悪くなるだけと分かっているのか、気まずそうに目をそらした。

「疎影！」

暗香が悲鳴じみた声を上げた。

そんな暗香に近づくと、天祐は浄火を手の平に呼び出した。

「じっとしていてください。服にも燃え移ったりはしませんから、落ち着いて」

手早く済ませればいいのに、天祐は暗香を気遣っている。碧玉は心の内で舌打ちをした。

（まったく、天祐の奴め。それが逆に恐怖を煽るとは思わんのだろうな……）

暗香は地面に座りこんだ姿勢で、震えながら目を閉じる。

天祐は少し迷ったようで、暗香の左手を取ると、その指先にだけ、浄火を触れさせた。

「きゃあああ、熱い！　熱いーっ！」

暗香はつんざくような悲鳴を上げ、天祐の手を振り払った。その姿が揺らぎ、ポンッと軽い音を立て、人の姿が消える。

固唾《かたず》をのんで見守る中、暗香の衣装が動き、真っ白な狐が顔を出した。金目から涙をこぼしている。

「……九尾、ではないな？」

紫曜がぼそりとつぶやく。

暗香は正体を現した。だが、狐は狐でも、尾が一本の下級妖怪だった。

「韋暗香、お前は弱体化した九尾の狐……ということか？」

天祐が浄火を見せつけて脅すと、左の前脚のやけどを必死になめていた白狐は、その場に這いつくばった。人語を操って釈明する。

「ち、違います！　わたくしは天声山に住む野狐《やこ》でございます」

「妖怪は結界内に入れないはずだが？」

「ですから、結界内で生まれた狐です！　年月を経て、ただの狐が多少の妖力を持ちましたが、雑魚です！」

白狐はいかに自分がか弱い存在かと、天祐に訴えた。

「雑魚？　使用人の母子を殺しておいて？」

「あ、あれはわたくしではありませんっ。わたくし、肉は嫌いで、木の実や果物ばかり食べていたんです。それがたまたま、仙狐《せんこ》へ昇格するための修業の一つであったらしくて……たまたま……」

白狐が言うには、元は普通の狐だったが偏食家で、知らずに仙狐《せんこ》へ昇格するための修業をこなしており、年月とともに少しの妖力を得たそうだ。

「道士様、どうかお助けくださいませっ。わたくし、恐ろしくて恐ろしくて……。あの方に食べられるのが嫌だっただけなんですっ」

白狐は天祐の足首に、ひしっとしがみついた。

憐れみを引く白狐の姿に、天祐はあからさまに動揺する。それを見てイラッときた碧玉は前に出ると、白狐を容赦なく蹴り飛ばした。白狐は地面を転がる。

「ぎゃふんっ」

「しれ者が。その毛皮で、裘《きゅう》でも仕立ててやろうか？」

裘《きゅう》とは、獣の皮で作った衣のことだ。

「ひいいっ」

碧玉が白狐をギロリとにらむと、白狐は碧玉のほうが自分よりも格上だと理解したらしく、慌てて平伏の姿勢をとった。

天祐は呆れをこめて、碧玉を振り返る。

「銀嶺……相変わらず、冷たいですね……」

「ふん。雑魚でも妖怪だ、隙を見せるな。こういう連中は、憐れみを引いてこちらが油断したところを襲ってくるのだぞ」

碧玉の返事に、天祐はこくりと頷く。

「ご心配なく。それが何かすれば、斬り捨てるつもりでした」

天祐の右手は、腰にさげた剣の柄《つか》を握っていた。天祐がすらりと剣を抜いたので、白狐は震えあがる。

「どうか命はお助けくださいませ、道士様っ」

情報を引き出したら、この白狐はとっとと殺してしまおうと考えていた碧玉だが、あまりになりふり構わない白狐の情けなさに、拍子抜けした。

白狐の言うことが本当なら、生まれてこのかた、殺生をせずに生きてきたのだろう。であれば、この狐は神に仕える資格があるほど、清らかということだ。今までに見た妖怪のような小ずるさがないので、碧玉は少し考える。

「助けてほしいなら、種明かしをせよ。宗主がお前に退魔の術を使ったらしいが、どうして無事に済んだ？　お前程度の雑魚ならば、正体を現していたはずだ」

「ああ、確かに」

天祐はわざとらしく刃先をひらつかせながら、碧玉の言葉に相づちを打つ。

「怖いな、この二人……」

思わずという様子で、紫曜がつぶやく。黒家の者達は無意識に頷いたが、白家のほうは違う。二人のその容赦のなさが格好いいと、心酔しきって目を輝かせている。

白狐の震えが強くなった。

「わ、わたくしは、ただお手伝いをさせられていただけで……。入れ替わって、場をつないでいたのです。その時は、あの方だっただけで……。ああっ、やめてください。死にたくない！」

白狐は何をとち狂ったのか、悲鳴を上げて、碧玉のほうへ大きく跳ねた。腕の中に飛びこんできた白狐を、碧玉は思わず抱きとめる。

——ギンッ

その横で、天祐が剣を振るって何かを弾き飛ばした。

「つまり、本命はお前ということだな」

天祐がにらむ先にいるのは、疎影だった。

◆

皆の注目を浴び、疎影はうろたえる。

「え？　ええっ、私ですか⁉」

その大げさな驚きようには間抜けっぽさがあったが、天祐の敵意は変わらない。しかし、天祐は疎影から白狐へと視線をずらす。

「狐、貴様、危険と承知で兄……いや、兄上のように慕っている銀嶺に飛びついたな！　銀嶺が怪我をしたらどうしてくれる！」

碧玉もおおむね同じ意見だ。地面には小さな刃先のようなものが落ちている。白狐の巻き添えを食らって、こちらまで攻撃を食らうところだった。

「あの程度、よけられたがな」

碧玉はつぶやいたが、天祐は怒っていて聞いていない。冷ややかな目をして、白狐をにらむ。

「死ぬなら、勝手に死ね」

「お、お、お願いします、助けてくださいーっ！　命だけはご容赦を！」

ぶるぶる震え、白狐は泣きながら碧玉にしがみつく。死に物狂いというだけあって、碧玉が引っ張ってもはがれない。うんざりして、灰炎を見る。

「失礼します」

灰炎は一言断って、白狐を引っ張った。

「いやあああ、死ぬぅぅぅ」

白狐は恐怖で混乱におちいっているらしい。耳障りな絶叫を上げて衣に爪を立てるので、碧玉の衣の合わせも引っ張られた。灰炎の顔が引きつる。

「主君、も、申し訳ございません！」

「面倒だ。もうよい」

碧玉は手を振って、灰炎にやめるように指示をした。合わせがゆるんで、素肌が覗いたので、天祐のほうがぎょっとした。

「この狐、なんという真似を！」

素早くこちらに近づいて、驚くような勢いで碧玉の服を整える。

この程度で大げさだと、碧玉は呆れた。だが、文句を言うのはやめて、白狐に話しかける。

「狐、お前、死にたくないならなんでもするか」

「毛皮になるのも、拷問の末の放置も嫌でございますぅぅ」

「耳障りな声で叫ぶな。お前、天祐に仕えるなら、助けてやってもよいぞ」

白狐は恐る恐ると碧玉を見上げる。ちらっと天祐を振り返り、「兄上に抱きつくとは不埒な獣め」と恐ろしい形相をしているのを見て、ぶんぶんと頭を振った。

「あの方は怖いから嫌でございますぅぅ。あなた様にならお仕えしても構いません」

白狐は意外なことを言った。これには灰炎が気の毒そうに口添えをする。

「狐、悪いことは言わないから、白宗主にしなさい。その方は、銀嶺という名前のごとく冷たいですから……」

「灰炎？」

碧玉がにらむと、灰炎は蹴られる前に素早く離れた。

「兄……いえ、銀嶺！　妖怪なんぞを傍に置くのですか！　危ないですよ」

「道士が降《くだ》した妖怪を下僕にすることはたまにある。だいたい、こんな雑魚のどこが危険なのだ。やろうと思えば、片手でくびり殺せるぞ」

「ぴゃあああ」

白狐の震えがひどくなり、甲高い鳥みたいな悲鳴を上げた。

だんだんかわいそうになってきたようで、紫曜が口を出す。

「そんなに脅さなくてもいいだろうに」

「ふん。殺さないだけ慈悲深いのでは？」

「君、容姿だけでなく、性格や話し方まで碧玉とそっくりだな。白宗主が傍に置きたくなるのも分かるよ」

紫曜が鋭いことを言うので、碧玉はぎくりとした。直感が働いたのかと思ったが、ただの感想だったようだ。紫曜は疎影から視線をそらさない。疎影は相変わらず、首をすくめて情けない様子を見せている。

紫曜は疎影に厳しく問う。

「韋疎影、いい加減、正体を現したらどうだ？　貴様が白狐を殺そうとしたのを、我らは見ている」

「そ、そんな……」

疎影は怯えてたじろいだが、それにだまされる者はもう誰もいない。疎影は周りを見回すと、急にすっと背筋を伸ばして、堂々としたふうになった。

「はあ、残念。せっかく愉快だったのにな。やはり野狐《やこ》など、大して役に立たぬか」

指先を顎に当て、わずかに首を傾げる。そうすると、男にもかかわらずしっとりとした色気があった。

「お前が封じられていた九尾の狐……なのか？」

疎影が演技をやめたのを見ても、紫曜は自信がなさそうだ。

「あっはは。ほんの千年たらずで、黒家の能力は随分落ちたようだな。すぐにばれると思っていたのに、思ったよりも長く楽しめたぞ」

にやにやと笑いながら、疎影は馬鹿にした。紫曜は眉を寄せ、険しい表情を浮かべる。

「ふざけやがって。正体が知れたなら、退治するだけだ！」

紫曜が剣を抜いて斬りかかろうとしたが、黒輝が疎影を背中にかばった。

「やめよ！」

「父上⁉」

紫曜はぎょっとして、慌てて剣を遠ざける。

「何故、かばうのですか！　そいつは我が家の仇敵ですし、女なのか男なのかも定かではないのですよ！」

この問いには、疎影はあっさりと答えを明かす。

「ああ、それならば男のほうが正しい」

場がざわついた。紫曜が慎重に問う。

「つまり、そこの白狐とお前、両方とも雄《おす》なのか？」

「その野狐《やこ》は雌《めす》だぞ」

「……父上と夜に過ごしていたのはどちらだ」

「我に決まっているだろう。体を交えるのは、精気を奪うのに手っ取り早いからな。もちろん、暗香としてだ」

これを聞いて、春麗は甲高い声で疎影をなじる。

「お、お前っ、女に化けて、主人の寝台に上がったというの！」

春麗から落ち着きの仮面がはがれ、怒りがあらわになった。嫉妬と憎悪も入りまじり、不穏な空気が漂う。疎影は肩をすくめてみせた。

「妖狐というのは生まれつき陰気が強くてね。女に化けるほうが楽なんだ。それに男は馬鹿だから、ちょっと色仕掛けをしてやれば、面白いぐらい引っかかる」

「なんですって！　主人を愚弄しないで！」

「お母様、落ち着いて！」

今にも疎影に飛びかかりそうな春麗の腕に、雪花がしがみついて止める。

突如始まった醜聞を、碧玉は辟易した気分で眺めた。

「ふむ。分かりやすい修羅場だな」

「どうすればいいんですか、これは……」

碧玉ですら気まずいのだから、人の好い天祐はおろおろしている。家族の問題なので、使用人や白家の家臣達は沈黙を守り、嵐が過ぎ去るのを待った。ここで下手に口出ししては面倒だと、誰もが察知している。

そこで、輝が動いた。

「男でも構わぬ！　暗香、私を捨てないでくれ！」

みっともなく疎影にすがりつこうとする輝の姿に、春麗は絶句する。

「あなた、しっかりしてください！　その狐は、使用人の二人を殺したに違いありません！　あなただって、病気になりかけているでしょう？」

そんな二人のやりとりを愉しげに眺め、疎影は軽い調子で種明かしをする。

「ああ、そこの死体だろ？　我が食ったんだ。意趣返しに、あいつの子孫から精気を奪うだけにするつもりだったんだが、子どもの肉というのはやわらかくて美味いんでね。我慢できなくてさ」

ちょっとつまみ食いしただけと疎影は言い放った。悪事を隠すつもりはないらしい。

「しばらく式神で誤魔化していたけど、やっぱり母親は子どもがおかしいことには気づくんだよな。騒ぎ立てようとするから、母親も殺した。あの女はあんまりおいしくなかったから、味見だけして捨てたよ。花の養分にはいいかと思ったけど、山に捨てたほうが良かったな」

疎影は「いやあ、失敗失敗」とふざけた調子で言う。

「千年も封じられてたもんだから、空腹だったんだ。自制がきかないのも、許してほしいものだね」

人間とは全く違う常識で生きている、妖怪らしいとち狂った言葉だ。

「封じられるような真似をした、お前が悪いんだろ！」

紫曜が怒りとともに言い返す。

紫曜という男は常識的な人間だ。疎影の言い分に面食らい、信じられないという顔をしかめている。

「我はお前達の先祖と愛し合っただけだ。千年も封じるようなことか？　あの性悪の正室が、我を追いこんだのさ。しかし、あいつにもがっかりだよ。入り婿で立場が弱いからと正室の言いなりになって、我を助けもしなかった」

「愛？　お前の言うのはどういうことだ。父上みたいに、何かの術にはめたんじゃないのか！」

「術なんぞ使ってないぞ。何もしなくても、妖力のせいで魅了が強くかかるのだ。我のせいじゃない」

疎影はいけしゃあしゃあと言い切るが、どう考えても疎影が悪い。

「仮にも黒家の宗主が、この程度とはね……。とはいえ、かわいそうに。こやつは精力を持て余していたらしい。春麗といったか、そんなにこの男が心配なら、妻としてもっと相手をしてやればいいだろうに」

「〰〰〰っ」

春麗が声にならない怒りの悲鳴を上げた。

疎影は挑発的に笑いながら、輝の頬をするりとなでる。そのせいで春麗は再び疎影につかみかかろうとして、雪花だけでなく紫曜にも止められることになった。

怒りと嫌悪の空気が高まり、場が殺気立つ。

そこに、冷たい風が吹いた。黒家の面々は、冷水を浴びせられたかのように、はっと気を取り戻す。

「馬鹿馬鹿しい」

宙に呪をなぞった右手を下ろし、碧玉は吐き捨てるように言った。使ったのは、辺り一帯の空気を浄化する術だ。

「そなたら、この狐にいいように手の平の上で転がされて、恥ずかしくないのか。そもそも、妖怪なんぞの言葉をまともに聞くでないわ」

そして、天祐をじろりとにらむ。

「お前もだ。何を親身になって話を聞いている。最優先は、邪を祓うこと。ちょうどいいことに、そやつは使用人の母子殺しを自供した。妖怪でなくても、罰を与えねばならぬ」

「確かに、そうですね……！」

天祐は目が覚めた様子で、背筋を正す。

「やめよ、暗香に手出しをするな！」

輝が疎影を背にかばい、立ちふさがる。黒家の主人相手なので周りはひるむが、碧玉はそうではない。

「輝殿、無礼をお詫びします」

「ぐあっ」

碧玉は右の拳を握りしめ、容赦なく輝を殴った。弱って痩せている彼は、風に舞う木の葉みたいに吹っ飛んだ。

「いい加減になさいませ」

「な、何を……」

よろりと上半身を起こす輝の傍らに膝をつき、碧玉は輝にしか聞こえない程度の声で話しかける。

「今のあなたを見たら、我が父は悲しまれたでしょうね。父上のためにも、親友のあなたを止めなければならない」

「親友だと……？」

碧玉は輝の目をじっと見つめた。

「父上と母上を亡くして、私もひどく悲しかったですが、あなたのほうがずっと苦しかったのではないですか。あの日、黒家の宴に招かれてやって来た客のほとんどは、地震に巻きこまれて死にました。あなたがたはその大層な衣が作り出した結界のおかげで、命拾いしましたが」

輝の暗い目に、はっと光が差す。

「君は、まさか……」

「ああいう妖怪は、弱った心をつくものです。どうか自分をしっかり持っていただきたい」

碧玉が静かな口調で諭すと、輝の目にみるみるうちに涙が浮かぶ。彼はぶるぶると震えながら、それをどうにか押しとどめようと、ぐっと手を握りしめた。

「わ、私は、あの日からまともに眠れた試しがないのだ。家屋に押しつぶされた者達の苦しげな声や、遺族の怨嗟《えんさ》がどこからともなく聞こえてくる。——だが、暗香が傍にいればぐっすりと眠れた」

「奴はそうやってあなたを依存させたのですね」

「せ、青炎、どうか私を許してくれ！」

碧玉の実父である白青炎の名をあげて、輝は地面に膝をつく。

「許しますよ。天変地異は、ただの人間であるあなたにはどうしようもない。——父上ならそう言います」

「あ……あ……うああああ」

憑きものが落ちた様子で、輝は声を上げて泣き出した。

「あなた！」

春麗が声を上げ、輝の傍に駆け寄った。

あれほどないがしろにされていても、春麗は夫を放っておけないらしい。親の敵《かたき》を見るようなきつい目つきで、碧玉をにらむ。

「旦那様に何を言ったの？」

「よい、よいのだ」

輝は春麗を止め、彼女の差し出した手巾《しゅきん》で頬の涙をぬぐう。彼はまぶしそうに碧玉を見上げた。

「そうか、そうか……。お前がそうとは気づかなかったよ」

「恐れ入ります。子細につきましては、後日弁明させていただきたく」

「事情はおおよその予想がつく」

あの狐に惑わされていなければ、輝は落ち着いた人物だ。この男は実父である青炎に比べれば地味で、突出もせず劣りもせずと、安定的な位置にいた。特に問題も起こさず、功績もなさずと目立たないのは、普段から問題処理を徹底しているせいだ。

（父上は黒宗主のことを、素晴らしい友人だと自慢しておられた）

宗主が自分の領地を留守にすることは滅多とないが、黒領と白領は隣ということもあり、輝は何度か白家を訪ねてきた。青炎は輝の訪れを喜んで、茶席や宴を用意してもてなしていたものだ。

だからこそ、碧玉は輝の情けない有様が気に障った。

（黒家が王宮に顔を出すどころではなかったのは、あの地震のせいだ。どうして今までそのことに思い至らなかったのか）

家屋の下敷きになって死んだ者の家族が黒家を責めて、賠償を求めたこともあっただろう。両親が地震で亡くなった事実は碧玉には衝撃が強過ぎて、その後のことはあまり記憶に残っていない。それでも、輝が両親の遺体に付き添って白家に顔を出し、碧玉に涙ながらに謝罪したことは覚えている。

（そういえば月食の後、私は一度だけこの領地に来たな）

黒家からの救援要請はなかったが、白家の務めとして、邪が湧いていないか確認しに来た。龍拠の禁足地にまでは入らなかったので、まさか九尾の狐が逃げ出してごたついているとは想像もしなかった。あの時も、特におかしな点は感じられなかった。

（もろもろに遠慮して、黒家が白家に助けを求められなかったのなら、理解できる）

急に、点と点がつながった。

（狐塚が崩れた理由の一つに、あの地震もあるのかもしれぬな）

千年ももつ、強固な封じの術だ。数年ごとに起きる月食の厄災――前回のように冬至と重なったせいで大規模な災いに発展することは滅多とないとはいえ、それを乗り越えてきたことを思えば、時間経過による術の劣化のせいだけとは思えない。地震の衝撃を受けて、塚に影響が出ていた可能性がある。

（天祐は狐塚の封印が壊れたのは、時間経過による術の劣化と、月食の陰気が悪作用した結果だろ

かったのだろうが。

（紫曜が月食のせいでと言っていたから、なんとなくそう思いこんでいたのか？）

天祐の報告を思い返し、どうして地震について思い当たらなかったのか、ふと気づく。

知らない間に、碧玉達は前提を植えつけられていたのだとしたら納得がいく。紫曜に悪気はなかったのだろうが。

（実際に狐塚をこの目で見てみないことには、判断がつかぬ）

碧玉が考えにふけっていると、紫曜が信じられないという顔をして、こちらを凝視していた。

「まさかと思っていたが、お前、もしや白碧玉本人なのか？」

「……えっ？」

輝を支えている春麗が、碧玉を見上げる。

「違うな。雲銀嶺だ」

碧玉はにやりと笑って、しれっと返した。紫曜は碧玉のほうに詰め寄る。

「嘘だ！　初対面の時から、変だと思っていたんだ。しかし、碧玉は亡くなったはずだ。てっきり、異能の調子が悪いせいだと！」

「ふん。貴様の異能、やっとまともな仕事をしたのか。よかったな」

碧玉がつい我慢できずにぼそりと皮肉をつぶやくと、紫曜は震え始めた。さすがに怒ったのかと身構えると、紫曜は意外にも涙を浮かべている。

「お前のその冷たい言動も懐かしい！　殺されても簡単には死なぬ男だと思っていた！　生きてい

てよかった！」

紫曜が感激のあまり碧玉を抱擁しようとしたが、それは天祐に阻《はば》まれた。

「それ以上は、遠慮していただきましょう」

「なっ、天祐殿！　ここは友情を邪魔する場面ではないでしょう！」

「駄目です」

天祐はきっぱりと拒絶した。

「紫曜、騒がしいぞ。私は幽霊の身ゆえ、騒ぎ立てるのはやめよ」

天祐の後ろから、碧玉は紫曜に釘を刺す。紫曜はたじろいだ。

「なっ、幽霊などと！　まさか宗主に復帰するつもりはないのか？」

「帝から賜死《しし》を受けたというのに、生きているだけでも問題であろうが。それに解毒はしたが、以前のようにとはいかぬ。今後は天祐を支えるゆえ、私のことは捨て置くがよい」

後で戒厳令を敷けと暗に命じて、碧玉は紫曜から視線をそらす。彼らはすっかり碧玉のことに意識が向いているようだが、碧玉は疎影のことを忘れていない。この隙に逃げられては困ると思ったのに、疎影は面白そうにこちらを眺めているだけだ。

「やっぱり！　数年前に天声山の近くで見かけたのは、お前だな。覚えているぞ」

疎影が注目しているのは碧玉達のやりとりではなく、碧玉自身のようだった。その思惑ありげな目を茶楼《さろう》でもしていたと、碧玉は思い出す。

「数年前？　私はお前のことなど記憶にないが」

「そうだろう。我が見かけただけだからな。随分美味そうな道士だったから、黒家への復讐はやめて、お前のほうを喰らおうかと迷ったものだよ」

天祐だけでなく紫曜まで、碧玉を背後に守るように、さっと前に出た。疎影は楽しげに続ける。

「その美しいなりに、霊力の高さ。精気をいただくにはうってつけだった。そこの男はもう死にかけだし、お前に鞍替えしてもよさそうだな」

「ふん」

碧玉は鼻で笑う。

「私を恋人扱いしようとでも？　残念だが、私にも選ぶ権利がある。貴様のような獣くさい奴は、金を積まれたとてごめんこうむる」

口の悪さでは、碧玉はこの九尾の狐には負けていない。煽り返して、傲岸不遜に顎を上げた。

「兄上……！」

「さすがだな、碧玉」

「格好いいです！」

天祐、紫曜、白狐がそれぞれ感動を口にする。

「人間風情が馬鹿にしおって」

疎影の顔から笑みが消えた。

「我に盾突いたこと、後悔させてやろうぞ！」

疎影の姿が黒い霧に包まれる。異様な光景に気圧され、集まっていた人々は後ろに下がった。そして霧が晴れると、見上げるほどの巨体を持つ、毛が黒い九尾の狐が現れた。らんらんと光る赤い目は、妖怪のそれだ。

「さて、この九尾、瑞獣《ずいじゅう》と見るか、凶獣と見るか」

疎影が明かした正体を見上げ、碧玉は独り言をつぶやく。

「悠長に何を言っている。どう見たって、凶獣だろう！」

それに紫曜がすぐさま反論したが、天祐が言い返す。

「紫曜殿、兄上に乱雑な口をきかないでいただきたい！」

「こんな時でも、彼を優先するのか？」

「いつだって最優先ですが、何か文句でも？」

碧玉への偏愛ぶりを隠さない天祐の態度に、紫曜は絶句して、口端を引きつらせる。

当の碧玉は彼らのやりとりなど無視して、九尾の狐を眺めている。

図体は大きいが、九尾の狐は優美だ。ここまで混じりけのない黒い毛を持つ狐は珍しい。

黒狐というのは、たいていは白が混ざったまだらだ。だから、黒毛だけを集めて、毛皮を作るのである。白狐や狐に比べれば黒狐のほうが珍しいので、より高価だ。帝に献上すれば、城の一つでも下賜されてもおかしくない。

「主君、お下がりください！」

灰炎が碧玉の傍に来て言う。碧玉は黙って従った。そもそも、碧玉はむやみに突っこんでいくような真似はしない。まずは状況把握と観察から入る。

「ひぃぃぃ」

いまだにしがみついたままの白狐が、ぶるぶると震えている。

「おい、いい加減、邪魔だ。どかぬか」

「嫌です！　あなた様から離れたが最後、あの方に狙われて殺されるに決まってますぅーっ」

「貴様、私が巻き添えになるのはいいと？」

「あなた様は強いでしょう！　ここが一番安全です！」

臆病な白狐にはいらつかせられるが、妖怪に強い道士だと認められるのは悪くない気分だ。それに、白狐の言い分も理解はできる。疎影にしてみれば、小間使い扱いしていた白狐が裏切ったように見えるだろう。不愉快さから、白狐を殺そうとするのは当然だ。それに、長い封印で空腹のようだから、用が済んだら食べるつもりで傍に置いていたかもしれない。

「……しかたがない奴だな」

ひとまず、碧玉は渋々ながら白狐をそのままにしておくことにした。それどころではなくなったというのもある。

「まずはこの憎き黒家からつぶしてやろうか！」

疎影は不敵に笑い、長い尾の一本を振り下ろす。ブンと低い音がして、離れを囲む塀の一部を叩き壊した。

「尾の一つだけで、この破壊力。鈍器のようなものじゃないか。それが九本も！」

紫曜が動揺のこもった声で指摘する。それに対し、碧玉は別の意見を出す。

「良い面もある。これだけ図体がでかいと、攻撃を当てやすい」

「近づけなければ意味がないだろう？」

紫曜はいぶかしげに問う。

「碧玉、お前、いつから楽観主義になったんだ？」

「分析しているだけだ。貴様はいちいちうるさい」

互いに文句を言い合っているところへ、尾がブンと飛んできた。それぞれ身軽によける。

「きゃああ！」

「お母様！」

春麗と雪花の甲高い声がした。へたりこんでいる春麗を、雪花が支えている。九尾の狐が暴れるので、二人は怖がって身動きがとれないでいるようだ。

碧玉は二人のほうへ駆け寄ると、常に持ち歩いている扇子を広げて、ふっと息を吐いて霊力を注ぐ。頭上にかかげると、結界の呪符が空中に現れ、飛んできた尾をはね飛ばした。

――パリン！

結界は一撃で壊され、淡い燐光を残してかき消える。

碧玉が扇子を携帯するのは、護身用の術を刻んであるからだ。こんなふうに使い捨てだが、複雑な術を取り入れているだけあって、強力な攻撃でもしのぐことができる。

「下がっていろ」

「は、はい。お母様、しっかりなさって。逃げなくては」

「ええ」

碧玉が声をかけると、雪花は春麗の肩を支え、立ち上がらせた。

「本当に……碧玉様なのですね」

雪花は後ろから碧玉に声をかけた。それがはっと胸をつくような切なげな声だったので、碧玉は聞き間違いだろうかと振り返る。彼女の目には涙が光っていた。

「どうぞご無事で」

か弱い女でありながら、芯の強さを思わせる様子だ。雪花は足元がおぼつかない母を伴い、その場を離れる。

（意外だな。どうやら本気で心配してくれているようだ）

だからと言って、何も感じない。嫌われていた覚えしかないから、違和感があっただけだ。前世で読んでいた書物によれば、雪花は碧玉を蛇蝎《だかつ》のごとく嫌っていた。当然、今もそんな評価だろうと思っていた。それに、昔、雪花が碧玉の隣に並びたくないと使用人にこぼしているのを、直接耳にしたせいもある。

「待て！」

疎影の声に、碧玉は焦った。疎影が尾の一つを鞭のようにしならせ、雪花と春麗へと向けたのだ。その途中には碧玉もいる。考え事をしていたせいで、判断が遅れた。すでに守る手立てはない。

「兄上！」

天祐が碧玉を抱えて、大きく跳躍する。そのすぐ下を、黒い尾が飛んでいった。

「おい、あの二人が……！」

「大丈夫です」

何が大丈夫なのか。

碧玉の頭には、雪花と春麗が血まみれで倒れる姿まで浮かんだが、それは杞憂だった。輝が駆けつけ、あの大げさな守護の衣で結界を作り出し、妻子を守っていた。

「あなた……！」

「お父様！」

春麗と雪花の安堵に満ちた声が響く。

「紫曜、二人のことは私が守る。あとは任せてよいな？」

疎影に精気を奪われて弱っている輝は、たったこれだけの術を使うだけで、大粒の汗をかいてふらついている。

「お任せください！　母上と雪花をお願いします！」

紫曜は即答し、身をひるがえして尾の攻撃を避ける。輝は頷いて、雪花と春麗を連れて逃げていく。

「はあああ」

碧玉はため息をついた。

「このお人好しめ、勝手に頼まれおった」

「しかし兄上、盾がいるのはよいことです。接近さえできれば、浄火をお見舞いしてやれます」

天祐の意見を聞き、碧玉は紫曜に問う。

「おい、盾。少しくらいは攻撃に耐えられるのだろうな？」

「この兄弟は……！　私を盾と呼ぶな！」

紫曜は当然怒ったが、碧玉は気にしない。さらに質問を重ねる。

「できるのか、できないのか」

「できる！　こんな時のための衣だ。あんな化け物相手に、そう何度も防ぐのは無理だが、五回程度なら、巫術《ふじゅつ》で強化して阻《はば》むくらいはできる」

衰弱している輝でさえ防御できたのだから、若くて元気な紫曜ならば充分に通用するらしい。五回とは予想よりも多い。

碧玉は素朴な疑問を抱く。

「何故、あれはお前を誘惑しなかった？　精気を奪うなら、若く健康な者のほうがいいはず」

「精神操作のたぐいは、嫌っていて警戒している者には効果が薄いものだ。あの側室にすり寄られたことはあるが……」

そこで何故か、紫曜は碧玉を見た。

「なんだ？」

「私は美人を見慣れているから、どうとも思わなかった」

碧玉は雪花を思い浮かべた。妹があれほどの美女ならば、紫曜の目が肥えるのは普通だろうか。

すると、何故か天祐が碧玉と紫曜の間に割りこんできた。

「ええ、そうですね！　俺も兄上が傍にいるので、何も感じませんでしたよ！」

「そうか」

天祐は何を張り合っているのだろうかと、碧玉にはよく分からなかったが、こんな風に話し合いをしながら、疎影の攻撃をよけるのも気を遣う。疎影は怒りに任せて、辺りを更地にする勢いだ。

離れを囲う塀が瓦礫となり、花畑の一部はぺちゃんこにつぶれて無残な有様だ。特にひどいのは、疎影の攻撃のせいで、土の中に埋まっていた遺体と白骨が外に飛び出して散らばったことだ。春麗と雪花が早々に退いたのはありがたい。この状況で失神されては目も当てられない。

碧玉がさっと周囲を確認すると、護衛らしき黒家の使用人はまだその場に残っているが、どうしていいか分からない様子でたじろいでいる。白家の門弟は遠巻きにしているものの、白蓮の指示を受け、逃げ遅れた者を避難させていた。

「そなたら、逃げないとは見事だな」

「当たり前でしょう。そもそも我々は、狐退治に来たのですよ」

碧玉の軽口に、白蓮は心外そうに返す。白家から随行した門弟らもその通りだと声をそろえる。

「しかし、九尾などという大物は初めてのこと。どうするおつもりか」

「大物だろうが小物だろうが、やることは同じだ。力を削いで、封じる。あれを退治するのは厳しいゆえ、封魔の壺に吸いこむしかあるまい」

封魔の壺は、本来は邪霊や怨霊などを封じこめる法具だ。使い方次第では、妖力のみを吸い取って壺に封じることもできる。妖怪は妖力に左右される生き物なので、妖力を封じられると自然と弱るのだ。その後、術や物理的なもので妖怪を拘束する。それで殺せるならば殺すし、無理ならば封魔山まで運んで、封魔窟の結界内に放りこむ。

「しかし、あの九尾をご覧ください。姿もそうですが、霊力だって山のように大きなものです。壺に入りきりますかね？」

白蓮の表情は硬い。

疎影は激しい怒りに満ち、毛を逆立てて妖力をあらわにしている。空気中にバチバチと妖力が弾ける音まで聞こえた。その威容は龍脈の通っている山のように、活力に満ちているように見えた。九尾の狐ほどの大妖怪なら、本気を出せば、山を一つ壊すくらい簡単なはずだ。それをしないのは、長年の封印のせいで弱体化しているせいだろうか。

碧玉は冷静に指摘する。

「生き物ならば、生きているだけで活力を消費する。あのように暴れていたら、いずれ限界が来るものだ。お前達は結界で守りを優先しつつ、封魔の壺を用意しろ。壺の数ならば充分にあるから、隙を見て妖力を奪え。そちらは崔師父が指揮を執るように。小隊一つは灰炎の指揮の下、私や天祐と共にあれを攻撃して、疲弊させる役だ」

「は！」

「お任せを！」

白蓮と灰炎はそれぞれ返事をした。白家の道士は月食の厄災を乗り越えてきたので、こういった緊急事態には慣れている。すぐに役割分担をして動き始める。

「兄上！」

天祐が険しい表情で、碧玉を振り返る。

「なんだ、天祐。私の指示が不満か」

「そんなことはありません！　兄上も崔師父の傍にいてください」

「――天祐」

碧玉が天祐の名前を静かに呼んだので、天祐はぎくっとして背筋を正した。まるで悪戯を見とがめられて、これから叱られるのを待つ幼子《おさなご》みたいな反応だ。

「私を公主《ひめ》扱いするのは容赦せぬぞ」

「そ、そういうわけではっ。ただ、心配しているだけでっ」

「ふん」

碧玉は式神の術を使い、今度は白虎を呼び出した。その背に飛び乗る。

「お前はときどき、本気で癪に障るな。私は元々、父上やお前のように霊力は多くはない。ゆえに、力の配分や使いどころは分かっている。馬鹿にするな」

「馬鹿になどしておりませんっ。どうして怒るんですか！」

天祐を無視して、碧玉は白虎の脇を軽く蹴って、飛び出すように指示を出す。

「行くぞ。あれをからかってやれ」

「ガウッ」

白虎は返事をして、勢いよく走り出した。

疎影の尾がすかさず飛んでくるのを、白虎は身軽によける。まさに「からかう」にふさわしい様子だ。紫曜が後方で笑う。

「ははは。天祐殿、碧玉は誇り高いから、心配するほうが怒らせるぞ。余計な世話だと言うに決まってる」

「あの人、無茶ばかりするんですよ！　俺が心配しなくて、誰がするんです？」

「君の言うことも分かるけどな。奴は、自分の力量くらい把握しているだろう。無謀ではないから、無理ならば撤退しているさ。この場にいる戦力を鑑みて、場を治められると判断したなら、それを信用してやればいい」

天祐はじろりと紫曜をにらむ。

「おお、怖い。そんな怖い目をしないでくれ」

「分かったような口をきかないでください」

「分かるとも。幼馴染であり友人だからね」

「兄上は、友はいないと言ってました」

「はあ、まったく。碧玉は相変わらず、冷たいなあ」

紫曜はひょいと肩をすくめる。年上の余裕と、碧玉との付き合いの長さを見せつけるような仕草に、天祐がいら立ちをこめて問う。

「怒らないんですか」

「私が友と決めたら、友なんだよ。それで充分」

「お人好しですね」

「よく言われる」

紫曜は天祐の背を軽く叩いた。

「ほら、加勢してこい。現在、当代一の道士は君だろう。碧玉の勝算には、君の存在は必要不可欠なはずだ」

「そんな当たり前のことを、自信たっぷりに言わないでほしいですね！」

天祐は剣を手に駆け出していく。空中に小さな結界の陣を出して、それを踏み台にして跳び上がり、尾の一つに退魔の術をかける。

「ギャッ」

天祐の攻撃が効いたようで、初めて疎影が悲鳴のようなものを上げた。

それを見逃す碧玉ではない。すぐさま尾の一つに接近し、浄火を呼び出した拳で尾を殴りつけた。

「おのれっ」

こちらも打撃になったらしい。疎影は怒りにひらめく金の目でにらみつけてきた。ボッと音を立てて、空中に金色の火の玉が生まれる。

「うるさい蚊め。黙っていろ！」

碧玉と天祐は素早い動きで紫曜の所に戻り、その後ろに着地する。飛んできた火の玉が、紫曜が作り出した結界の壁で防がれた。碧玉は天祐に注意する。

「これをあと四回だ。天祐、術の無駄遣いをするな」

「術は最小出力で使っているので、問題ありませんよ」

「ふん」

碧玉は眉を寄せた。

天祐は実力を誇示しているつもりはないのだろうが、最小限で必要な術を作り出すという繊細な技術を、あっさりとこなしている。それがどうしても、碧玉の胸にはもやっとしたものを生む。天祐が天才だと知っているが、うらやましいと思わないわけではないのだ。

「なあ、兄弟喧嘩はあとにしてくれよ？」

まるで碧玉の心境を見透かしたみたいに、紫曜が冷やかした。

「うるさいぞ、お節介」

「お前達、私への当たりが強くないか？」

紫曜がさらに言ったが、碧玉は当然のように聞き流した。

第二撃は、灰炎と門弟四名が率先して行った。

剣で斬りかかったり、退魔の呪符をつけた矢を飛ばしたり、式神を操って攻撃する。疎影が鬱陶しそうに尾を大きく振ると、すぐさま後ろに下がり、再び向かっていく。疲れた頃合いで結界のほうへ退避した。

今度は火の玉は飛んでこない。

「兄上、奴の攻撃が来ませんね」

「油断するな」

天祐の言葉に、碧玉は注意を返す。

(妙だな。奴は黒宗主の精気を奪っていた。犠牲になった母子のうち、食われたのは子どもだけだ。妖力が回復しきっていないと見るべきか?)

疎影は黒家に復讐するために、天声山から龍拠までを覆う結界内にとどまっていた。この結界内にいるのは、碧玉の衣にくっついたままの白狐のように、たまたま力を持っただけの弱い妖怪くらいしかいない。

碧玉はふと疑問を抱く。

(そもそも、復讐を全うしたいのならば、むしろ結界の外に出て、強い妖怪を食べて力をつけ直してからのほうが手っ取り早いはずだ。どうして疎影はわざわざ結界内に残り、女に化けて黒宗主に近づいたのだろうか)

碧玉は天祐に話しかける。

「そういえば、天祐」

「はい、なんでしょうか」

「お前は、黒家の異能が九尾の狐に対して仕事をしなかった件について、どう考える?」

「え?」

天祐はけげんそうに眉を寄せた。碧玉は紫曜の背を示す。

「紫曜は先ほど、私に対して違和感があったと言っていたが、私については死んだとばかり思っていた。だから、異能の調子がおかしいのだと思いこみ、私が生きているという直感を無視した。では、九尾の狐のほうはどういう理屈だ？」

「ええと……妖力を隠していたとか？」

「そうだな。人の姿をとっている時は、人のふりをして力を制限していたのだろう。しかし、この白狐ほど雑魚ではない。黒宗主と閨《ねや》で交わっている時に精気を奪ったのなら、黒宗主の命に係わるのだから、少しくらい違和感があってもいいはずだ。どうして異能は働かない？　何かからくりがあるはずだ」

「からくりですか」

結論を出せないでいる碧玉と天祐の会話に、紫曜が横入りする。

「改めて言われると奇妙だ。私は暗香が怪しいとなんとなく感じていたが、いつもの異能の時のように、確信までは抱かなかった。それで結局、白家に助力を求めたわけだ。なんだろうな、この感じ。分からないから、気持ちが悪い」

紫曜も、九尾に対する異能の反応が変だと思ってはいるらしい。

碧玉は独り言のように、考えを口にする。

「黒宗主は『違和感がなかった』と言い、雪花殿も『変な感じがあるものなのに』と話していた。そもそも、お前達の言うその違和感がなかったくせに、九尾の狐が逃げたと思ったのはどうしてなのだ？」

「何故かというと……」

紫曜は口ごもり、思い返すように天声山のほうを見た。

「月食の厄災の後に周辺の被害を調べていたら、たまたま狐塚の一部が崩れていることに気づいてな」

「……一部だと？　どういうことだ、天祐」

碧玉はその封じを直接的には見ていない。口頭での報告でしか把握していなかったので、碧玉が思っていたことと食い違いが生じているのではと気づいた。

「はい、兄上。五芒星の形で封じの石が置かれていましたが、その一つにひびが入って転がっていました。その狐塚からは、何かが飛び出した痕跡がありましたよ」

「ひび？　割れていなかったのか？」

「ええ」

「それは一つだけか？　他の石は？」

「一つだけです」

「そういうことか」

唐突に、碧玉の中で全ての問題点がつながった。

紫曜が碧玉に答えをせっつく。

「どういうことだ、碧玉」

「とりあえず、先に三回目だ。天祐、行ってこい」

「は、はい！」

不安げな顔をしながらも、素直な天祐は紫曜の後ろを飛び出した。器用に術を使って宙を跳ね、疎影に急接近する。まるで舞っているような体さばきで尾の攻撃を全てかわし、疎影の頭部へと迫った。

「もらった！」

剣を左手に持ちかえ、天祐は右の拳に浄火を宿らせて殴りかかる。

「なめるなよ、小僧！」

疎影が怒鳴りつけると風の衝撃波が生まれ、天祐は大きく吹っ飛ばされた。碧玉は式神の白虎を走らせ、天祐を空中で捕まえる。再び紫曜の後ろに隠れたところで、二回目の火の玉が飛んできた。

その攻撃は、紫曜の結界に阻《はば》まれる。

「こしゃくな蝿どもめ！」

疎影は忌々しげに舌打ちをする。尾で地面を叩くと、そこがえぐれた。

「天祐、どうだった」

碧玉は天祐の心配はしない。天祐が結界を盾のように使って、衝撃波をいなしたところを見ていたせいだ。天祐は器用にも、衝撃波の勢いを利用して後ろに下がっただけだ。碧玉が放っておいても、地面に上手いこと着地していたはずだ。

天祐が天才なのは、術によって生まれる力を利用することすら、息をするようにやってのけることだ。彼にとっては、霊力の扱いは、手足を動かすのと変わらないようなことなのだろう。

「奴の動きは、明らかににぶってきています」

「奴の言う『空腹』は事実のようだな。それに推測が正しければ、封魔の壺はいらぬだろう」

「どういうことですか、兄上！」

白虎から降り、天祐が詰め寄る。碧玉は天祐に問い返す。

「お前は、長年、自分の自由を封じていたものから解放されたら、その場所を放っておくか？　私ならば念のため、二度と使えないように破壊するが」

「え……？　そう言われてみると、あの場所は綺麗なものでしたね」

「恐らく、封印は完全には解けておらぬのだろう」

「「ええ!?」」

天祐と紫曜が声をそろえて驚きを示した。

碧玉はうるささに眉をひそめたものの、冷静な態度を崩さずに話を続ける。

「黒家の異能が仕事をしないのは、ある意味、当然なのだ。生まれた時から近くにいたものに、違和感など覚えぬ。くさいものをかぎ続ければ、鼻が麻痺して何も感じぬのと似たようなことだよ」

碧玉の説明を聞いて、紫曜はようやく霧が晴れたという清々しい表情をした。

「そうか。だから九尾の狐が近くにいるはずという直感はあっても、それと奴とが結びつかなかったのか。封じが続いているなら、妖力よりも封じの術のほうの感覚が強い。我々が常に感じている気配だったから、変な感じがしなかったわけだ」

「九尾が復讐を強調していたからだまされたが、あれはわざわざ結界内にとどまったのではない。実際は、外に出たくても出られなかったのではないか」

碧玉は推測を続ける。

「前提として、復讐したいほど憎んでいるならば、黒家の人間と閨《ねや》を共にするなどおぞましくはないか？　私が奴なら、復活してすぐに、子孫を皆殺しにするだろうよ」

碧玉が断言すると、紫曜が嫌そうに眉をひそめる。

「碧玉、お前はどうしてそんなに苛烈なんだ。怖いことを言うな」

「兄上のおっしゃる通りです。そんな屈辱をあわせられたら、とりあえず殺しに行きますよね！」

天祐が強く同調するので、紫曜は口端をひくつかせた。

「そんなにいい笑顔でなんていうことを言うんだ……この兄弟は……」

「まあ、天祐ならそうするだろうな。前例がある」

碧玉がぼそりとつぶやくと、紫曜は恐ろしげに身を引いた。

「前例って、なんだ！」

「紫曜、まさかお前、私の怨霊が天治帝や妃どもを皆殺しにしたと、本気で思っていたのか？」

「ええと……」

紫曜は目を泳がせ、すぐに降参した。

「お、思っていた。碧玉が生きていたなら、お前がやったのではないか……という話の流れではないな。そうか、あれは天祐殿が」

「私はその頃、毒で死にかけて昏睡していたのだぞ。どうやって殺すのだ」

「何も悪いことをしていない兄上を死に追いこんでおいて、報いを受けぬなどおかしいでしょう。俺が何もしなくとも、自滅していたに決まってます。被害者が減って良かったではないですか」

どうやら天祐はいまだに天治帝達のことを根に持っているようだ。苛立った一瞬だけ、天祐の霊力が暴れ、不穏な風が吹いた。

「分かった。私は今後、天祐殿を怒らせないように気を付ける。先祖に誓うとも」

紫曜のつぶやきを拾い、碧玉は再び推測に戻る。

「そう、先祖といえば。黒宗主の精気を奪ったのは、黒家の先祖が九尾の狐を封じたからではないか？　黒家の力を取りこんで、結界を完全に壊そうとしていたから、だとしたらどうだ？」

「だから暗香は、私にもすり寄ってきたのか。白狐、お前は閨《ねや》でも入れ替わりを？」

紫曜の問いに、白狐は頭をぶんぶんと横に振った。

「いいえ！　わたくしはほとんど雑用です。あの方が自由に出歩きたい時に、暗香の役をしていましたが、ほとんどは疎影として小間使い扱いされていましたよ。黒家の使用人は命令なら聞きますけど、親切ではありませんでしたから、あの方が体よくこき使える者が必要だったみたいです」

碧玉は噂を思い出した。暗香は弟の疎影を小間使い扱いしている、と。そのこと自体は真実だったらしい。

「それにわたくしは、黒家の人に触れられるのは怖かったので、そういう時に黒宗主が訪ねてきたら、体調不良を装って寝ていました」

「効率的に精気を奪うなら、交わるのが手っ取り早い。九尾がそんな機会を白狐に譲るとは思えぬな」

碧玉の言葉に、白狐はそうだと同意を示し、不思議そうに付け足した。

「でも、あれほど精気を奪っていたのに、おかしいですね。どうしてあの方、術を少し使った程度で、あんなに妖力が減ってるんでしょう？」

「どういうことだ」

今度は紫曜が問う。

「九尾の狐は天災をもたらす強者だと、狐界隈では有名ですよ。妖力が完全に回復しているなら、この程度の被害で済むわけがありません」

「伝説と照らし合わせると、確かにそうだな。そういや、碧玉達は人に化けていた九尾と会って、何も感じなかったのか？」

紫曜が思い出したように質問し、碧玉は首を横に振る。

「否。茶楼《さろう》で疎影の視線に違和感はあったが、それくらいだ。天祐はどうだ」

「もし分かっていたら、宴の最中に、黒宗主の目をかいくぐって、退魔の術なんてかけませんよ。人のふりをしている妖怪は、狡猾に力を隠すものですからね」

「力を隠す？」

天祐の言葉が、碧玉には引っかかった。からくりの種が見えた。

「そういうことか」

「兄上、何か分かったんですか？」

「ああ。まだ推測に過ぎぬが……。どちらにせよ、今の我らがすることは、九尾の妖力を消耗させてから捕縛して封魔山まで運ぶか、そこの山に封じるかくらいの違いだ。天祐、次で片をつけるぞ」

「はい、兄上」

碧玉は天祐と素早く打ち合わせると、四回目の攻撃に出た。

碧玉と天祐を乗せた白虎は軽快に飛び出し、あっという間に疎影へと迫る。


——ブン！


すかさず疎影は尾を振った。それを白虎は力強く地面を踏み、宙へと大きく跳び上がって避ける。

「行ってきます！」

天祐が白虎の背から飛び降り、先のように、小さな結界術を足場にして疎影の頭部へと近づく。

「同じ手が通じると思うか、小僧！」

にっと笑った疎影の尾が一本、上から叩きつけるようにして、再び天祐に襲いかかる。

——バシンッ

「何っ？」

天祐の頭上、空中で尾が跳ね返されたので、疎影がけげんそうに声を上げる。今度は碧玉が笑った。

「うつけめ。私と天祐での攻撃は初めてだ」

壊れる前提で作った結界だ。数秒の時間かせぎさえできれば、天祐はとっくに尾の攻撃範囲から脱出している。そこから頭めがけて、剣を叩きつける。だが、それは疎影が作り出した結界で防がれた。

「結界の術を使えるのが、道士だけだと思うたか？」

素早く間合いをとる天祐に向けて、疎影は煽る口調で問う。

碧玉は白虎の背から、そんな疎影に話しかける。

「奇妙なことだ。お前はそのように術を使えるし、尾を振り回して辺りを滅茶苦茶にできるのに、何故、ここを離れぬ？　町にでも降りて、人を喰って残りの封印を破ってしまえばいいだろうに」

「わざわざ町へ行かずとも、目の前にいる道士を食えばいいだけだ！」

「まったく、嘘ばかりを言う。大げさに言って怒りを煽るのは、相手の判断力を削るためではないか？　人を喰えば多少なりとも妖力を回復できるだろうに、お前は何故か子ども一人だけを食べ、女は味見にとどめた。人が消えれば騒ぎになる。それを厭《いと》ってのことか？　なら、どうして中途半端に、花畑に死体を埋めたのだ？」

「花の栄養にしてやっただけのこと」

「それも嘘だ。実際は食べられないのでは？　空腹に耐えかねて子どもに手を出したら、今のお前には毒だった……とか？」

「面白い推測だ」

疎影は馬鹿にするように、目を細めた。碧玉は疎影をよく観察し、考えの方向を変える。

「なるほど、これは違うか。では、順番が違うのはどうだ。元々、この花畑に大事な物を隠していた。それを子どもが見つけて奪おうとしたから、殺した。せっかくだから食べた」

疎影から笑みが消えた代わりに、碧玉は口端を吊り上げる。

「――当たりだ」

「貴様……！」

疎影の目がギラッと光る。

「古今東西、図星を突かれると怒るものだな」

「うるさい！　お前から死ね！」

激高した疎影が、鋭い爪のある右前脚を碧玉へと振りかぶる。碧玉は用意しておいた玉を地面に投げつけた。

ボフンッと音がして、一帯が白い煙に包まれる。碧玉と疎影の姿が隠れ、疎影は攻撃を中断する。

碧玉はその隙に逃げようと、煙の外に出た。

「兄上！」

天祐が叫ぶ。すぐに碧玉を見つけ出した疎影の凶刃は、あっという間に碧玉に迫る。

「ひぎゃあああっ」

その時、突然、碧玉が情けない悲鳴を上げ、ポンッと軽い音とともに、白狐へと姿を変えた。小さな体のおかげで、白虎の背にしがみついて難を逃れる。

「何⁉」

疎影が目をむく。そのがら空きの体へと、隠遁《いんとん》の術を解いて白煙の中から姿を現した碧玉は、右の拳に浄火を灯す。先ほど焦って声を上げていた天祐もまた、同じように右手に浄火をまとわせて、疎影へ接近していた。

「天祐！」

「ええ、兄上！」

そして二人そろって、疎影を浄火でぶん殴った。

「ぎゃあああああっ」

妖怪には、浄火での攻撃は大打撃になる。心臓近くを攻撃された上、火が燃え移り、疎影は悲鳴を上げて、巨体で地面を転がった。

「ふん。天祐一人で無理ならば、二人で攻撃すればいいだけのこと」

その醜態を冷ややかに眺め、碧玉は悪態をつく。獣が燃えるにおいに眉をひそめ、袖で口元を覆うのも忘れない。

「そうですね、兄上！」

天祐は不敵な笑みとともに同調する。

「いやあ、さすがの兄弟の連携だな！　いったい何をどうしたんだ？」

後ろで紫曜が大げさに拍手して褒め、説明を求めた。

「ううう、恐ろしかったですぅぅ」

泣きながら戻ってきた白狐は、再び碧玉の上半身に飛びついた。

「でもでも、これでわたくしはあなたの下僕なんですよね？　殺したり毛皮にしたりしませんよね？」

「約束したからな」

「やったー！　あの方にもやり返せたし、うれしいです！」

「うるさい。近くで騒ぐな」

碧玉は白狐をじろりと見やり、首の後ろを引っつかむ。左肩に移動させた。

「そこにいられると邪魔だ。こちらにせよ」

「分かりました！」

白狐は泣きやみ、左肩に乗って大人しくなった。天祐はそんな白狐に嫉妬の視線を寄こしながら、疎影から離れて、花畑の中にある死体が埋まった場所に向かう。

「おい、だから、説明してくれよ！」

紫曜が抗議するので、碧玉は天祐を呼ぶ。

「天祐」

「面倒くさいのですね、兄上。俺が説明しますよ」

剣の鞘《さや》で地面を掘り返しながら、天祐は口を開く。

「簡単なことです。その白狐がおとり役を果たせたら、兄上が白狐を下僕にすると約束したんです。まずは九尾を怒らせて判断能力を下げ、白煙で目くらましを作り出します。その一瞬で兄上は隠形《おんぎょう》の術で隠れ、白狐が兄上に変身して身代わりになります。疎影が油断した隙を突いて、二人そろって浄火で攻撃する手はずでした」

「そんな策を、あの短時間で練ったのか？」

目を丸くする紫曜に、天祐は大きく頷く。

「そうですよ。兄上は天才なので！」

「能力が足りぬなら、頭で補うしかあるまい」

「碧玉、さらっと言ってのけるが、どうして九尾が怒ると分かったんだ？　それから天祐殿は、先ほどから何をしている？」

白骨や死体を鞘《さや》で押しのけ、ザクザクと土を掘っていた天祐は、鞘《さや》の先にカツンと何かが当たるのに気づいて、それを掘り出した。

青く輝く玻璃《はり》の玉を持ち上げる。

「見つけましたよ、兄上。これが、九尾の隠していたものだ」

「お前達！　それを返せ！」

浄火を消したものの、疎影ははぼろぼろの姿で右の前脚を伸ばす。天祐はそんな疎影に、暗い笑みを向けた。

「かわいそうに、返してあげたいところだが……。俺は兄上を狙う輩《やから》には容赦しないことにしているんだ。残念だったな」

そう言うと、疎影に見せつけるようにして、青い玻璃《はり》の玉を浄火で燃やす。あっという間に燃え、空気に溶けるように消え去った。

「あああああ！　ようやくそこまで精気を貯めたというのに！　やめろ、あそこに戻りたくない！」

疎影の体に淡い光の帯が巻きつき始め、疎影は地面に爪を立ててもがく。それもむなしく、疎影の体は光に引っ張られて浮かび上がる。そのまま遠くへ運び去られ、龍拠の山のほうで、一条の光が一瞬だけ天を貫いた。

「あれは……まさか狐塚の封印か？」

紫曜の問いに、碧玉は推測を返す。

「そうだ。九尾の狐は浄火で弱った上に、封印を解くために貯めていた黒家の宗主の精気を失くした。中途半端に解けた封印からでさえ逃れる力はなくなったのではないか？　しかし、このままでは心配だ。封印を修復しに行こう」

紫曜は驚きを隠さず、碧玉に畏怖の目を向けた。

「碧玉、お前、どこまで分かっていたんだ？」

「分かっているわけがなかろう。適当な推測だ」

「――は？」

しれっと返す碧玉。紫曜がぽかんとする。

「考えてもみよ。あの九尾の狐は本性を見せたにもかかわらず、大暴れはしても、何故かこの庭を出ようとしなかった。そもそも、封印から抜けだした時に、とっとと下山して、非力な人間を食っていれば残りの封印も解けただろうに。だから私は、封印に縛られた奴が一定範囲までしか移動できないと考えた」

「ああ、先ほどもそう推測していたな」

「それから、奴は塀を崩し、土をえぐりと暴れていたが、何故か花畑にはそこまで強い力を向けないのが不自然だった。見てみよ、死体や白骨は散らばったが、この通り」

碧玉が示す先では、避難する者に踏まれたり、一部を尾でつぶされたりしたものはあるものの、秋海棠《しゅうかいどう》が綺麗に咲いたままだ。叩き崩された塀とは比べるまでもない。

「町には降りられなくとも、元々の封印場所である龍拠の山のほうへすら退避しないのは何故かと考えた時、すぐには移動できない何かがあるのではないかと思った。花畑に何かを隠しているのではないか、と」

「李さん親子の死体はあったぞ」

「そこがまず不思議だったのだ。『花の栄養になるかと埋めた』など、お粗末過ぎる。もっと重要なものを隠すために、万が一の時、注意を引けるものを置いたのではないか」

碧玉は天祐のほうを見た。

「天祐が『妖怪は狡猾に力を隠す』と言った時に思いついたことだ。ただの人間のふりをするために、妖力を何かに移して、人間にまぎれこむ妖怪がいる。——そうしたら、たまたま大当たりだった」

紫曜の目つきが、うろんなものに変わる。

「おい、たまたま大当たりだっただと？　推測が外れていて、疎影が怒らなかったらどうなっていたんだ？」

碧玉はあっさりと答える。

「白狐が一匹、死んだだけだな」

「ひぎゃあああっ、嘘でしょぉぉぉ！」

白狐は肩の上で跳び上がって叫び、碧玉の足元に伏せて泣き始める。

「ううっ、ぐすっ、ひどいですぅ。いたいけな白狐をもてあそぶだなんて」

「だから白宗主を主人としなさいと言っただろうに」

離れた場所から、灰炎が白狐に声をかける。気の毒そうだ。

天祐さえも気まずくなったようで、白狐に問う。

「ええと、今からでも私の下僕になるのは構わないが」

「無理ですぅ。さっき、碧玉様を主人と認めてしまいましたから。妖怪の誓いは重いのです！」

なんとも言えない空気になった。

紫曜はわざとらしくゴホンと咳《せき》をして、挙手する。

「すまないが、もう一つ疑問がある。宴の席で、暗香に退魔の術が効かなかったのは何故だ？」

「あ、あれは、護符のおかげですよぅ。式神がいたでしょう？　あの方は呪符作りにも長けておいでだったのですぅ。わたくしも身に着けていたので、黒家の皆さんの前でぼろを出さずに済んだのです」

ぐすんぐすんと泣きながら、白狐は打ち明ける。

なるほどと、碧玉は疑問が解決してすっきりした。

そこで白蓮が、率直に問いかける。

「ところで、確認したいのですが。この件は解決ということでよろしいんですかな？」

碧玉は頷いた。

「ああ、そういうことだ。皆の者、よくやった」

この言葉で、その場にいる人々はようやく危険が去り、平和になったことを理解した。彼らの顔に喜びがあふれ、歓声が上がる。

「やったぞ！　九尾退治に成功した！」

「万歳！」

「白家と黒家の勝利だ！」

それからしばらく、興奮した人々でお祭り騒ぎになった。

九尾の狐が暴れたわりに、損害はさほど大きくはなかった。

戦いに加わった者でも軽い擦り傷や切り傷で済み、死者は出なかった。疎影に食われた憐れな李家の母子以外は。

輝は精気を奪われたせいで衰弱はしているものの、原因がいなくなったから、安静にしていれば回復するだろう。

碧玉は状況を把握すると、疲れている体に鞭を打ち、式神の白虎の背にまたがった。

「天祐、紫曜、狐塚の確認に行くぞ」

「兄上、お疲れならば、私と紫曜殿だけで……」

「否。己の目で見なければ安心できぬ。また認識のずれがあると困る」

「……分かりました。せめて、私の式神で参りましょう」

天祐は術を使い、巨鳥を呼び出す。確かに式神を使い続けるには消耗していたので、碧玉はありがたくその提案に乗ることにした。術を解除して、白虎を呪符に戻す。

「宗主、我々もついて行きます」

白蓮を筆頭に、門弟も後に続く。式神を使える者が巨鳥を呼び出し、それぞれ数名がその背に乗った。

「これはすごい。式神にこんな使い方があるとはね」

「紫曜殿、緊急事態ゆえにお見せしていますが、事故にあうといけないので、くれぐれも気軽に真似をされませんように」

天祐は紫曜へ親切に注意し、左隣に座らせた碧玉の腰を抱き寄せて支える。

「それから、しっかり掴まっていてくださいね」

「え？　うわあああっ」

前触れもなしに、天祐は鳥を飛び立たせた。後ろに座っていただけの紫曜は転がり落ちそうになり、慌てて羽毛にしがみつく。

「ちょっ、天祐殿！　碧玉と一緒に盾扱いするのといい、私への当たりが厳しくはないか？」

「ははは。気のせいですよ」

碧玉は天祐の横顔を眺める。どう見てもわざとだ。いつもは善良そのものの温和な表情をしている天祐が、今は碧玉でもすぐに気づくくらい悪い顔をして笑っている。

「やっぱり、この方も怖いです……」

碧玉の左肩に戻った白狐が、ぼそりとつぶやいた。怒らせたら一番怖いのは天祐だろうから、碧玉は特に何も否定しなかった。

鳥の式神は空を駆け抜け、あっという間に目的地に到着する。黒家が禁足地と定めている天声山は、奥のほうが特に龍脈の影響が濃く、荘厳な気配があった。黒家が代々大事にしている場所なのも当然だ。

「なるほど、この石だけが壊れたのだな」

碧玉は封じの石を観察する。

話に聞いていた通り、五芒星の形に置かれ、それらに囲まれた中心部からは何かが飛び出したような痕跡があった。石の一つはひびが入り、刻まれた呪がうっすらと見えるだけとなっている。

長い年月で術がだいぶ摩耗しているものの、疎影が封印内に戻ったせいだろうか、風前の灯みたいに、封じの石が五つ点滅しているので、かろうじて術がもっているようだ。

「代わりの石を用意せねば」

九尾の狐による被害が少なくて済んだのは、長年の封印での減退はもちろん、この封じのせいで力量が制限されていたことにも原因があるはずだ。完全な状態の奴が解き放たれれば、月食に続いて各地に厄災をもたらすに違いない。

碧玉のつぶやきを拾い、紫曜が問う。

「碧玉、似たような大きさの石でいいのか？」

「霊力が強いものがいいに決まっている。この近くに岩場は？」

「それならあっちだ」

紫曜の案内に従い、岩場へ向かう。紫曜はちらと振り返り、碧玉に話しかける。

「ここには事情を知る者しかいない。そろそろ、その面を外してはどうだ？」

「……そうだな」

少し迷ったが、面のせいで視界が狭く歩きにくい。木製の面を外して灰炎に渡すと、紫曜が大きく頷いた。

「やはり韋暗香より、お前のほうが綺麗だな」

「そうか」

気のせいか、紫曜が褒めた途端、周囲の空気が不穏になったが、碧玉は気にせず頷きを返す。

「おいおい、少しくらい謙遜をしたらどうだ？」

呆れる紫曜に、碧玉は鼻をふんと鳴らす。

「容姿と道士としての実力には、なんの関係もない。白家の務めに障りがなければ、私にはどうでもいいことだ」

「相変わらずの白家至上主義だな。その顔をどうでもいいなんて、世の女子《おなご》達が聞いたら、悔しがって泣くぞ」

「どうして私の顔のことで、女が泣くのだ」

「そりゃあ、お前。美のためなら努力を惜しまない女が、世の中にはたくさんいるんだ。容姿が良ければ、玉の輿に乗る機会が増えるんだからな。それを雑に扱うんじゃ、恨まれても知らないぞ。我が妹だってそうだ。身内でも絶世の美女だと思うのに、お前と並ぶと容姿を比べられるのが恥ずかしいと嫌がるんだぞ。気後れするんだと」

　碧玉は雪花の態度を思い出した。

「だから雪花殿は、私を嫌っていたのか」

「は？」

「なんだ？」

「いや、お前、何を誤解してるんだ……？　いや、私が口を出すことではないか。まあ、なんだ。兄としては、一度でいいから妹と話をしてほしいと思っている。頼むよ」

　それは雪花には苦ではないかといぶかしく思う。しかし、紫曜が思いの外、真剣な目をしていたので、碧玉は頷いた。

「お前がそこまで言うなら、あとで時間を取ろう。今の私は幽霊の身ゆえ、昔の不作法についても、雪花殿が大目に見てくれることを願うばかりだな」

前世のことを思い出すまで、碧玉の態度は傲慢でひどいものだったに違いない。

（客として黒家に出向いたのなら、父上がいる手前、ある程度は猫をかぶっていたはず。嫌われることをしたか全く思い出せぬが、知らぬうちに何かやらかしたのか？）

過去の記憶をさらっていると、唐突に左手を引かれた。天祐が話しかける。

「兄上、あの石はいかがでしょうか？」

碧玉は考え事を中断し、天祐が示すほうを見る。いつの間にか、採石場に到着していた。

「ほう、これは素晴らしい。霊力の強い石が多いな」

「そりゃあ、そうだ。ここの石は黒家が作る法具の素材でもある。本来は、この辺りは部外者は立ち入り禁止だよ」

紫曜は黒家にとっての重要な場所を見せてくれたらしい。

「天祐殿はさすがの目利きだな。よい石をすぐに見つけた」

「白家の後継者とすべく育てたのだ。これくらいはできて当たり前だ」

紫曜の褒め言葉に、碧玉はにべもなく返す。これに慌てたのは紫曜だ。

「おい、そんな冷たい言い方はないだろうに。もう少し弟に優しくしてはどうだ？」

紫曜は天祐をかばったが、当の天祐は傷つくどころか、満面の笑みで礼を返す。

「ありがとうございます、兄上！　褒めていただき光栄です」

紫曜は肩透かしを食らった様子で、頬を指先でかく。

「ええと、天祐殿が気にならないのなら私は構わないよ」

「紫曜殿、お気遣いなく。兄上のことは、私のほうが、ずっと！　よく！　理解しておりますので！」

紫曜が出る幕ではないと言っているようなものだが、紫曜は天祐の勢いに負けた。

「そ、そうか。それはすごいな」

場の空気を読んで、紫曜は「あはは」と笑い返す。

（気のせいか、天祐は紫曜に対抗していないか？）

素直な天祐のことだ。碧玉が紫曜は厄介事を持ちこむから嫌いだと言っていたから、碧玉にならって、冷たい態度をとっているのだろうか。

年長者として天祐をたしなめるべきなのか迷ったが、場は落ち着いているので問題はなさそうだ。

（まあ別に、紫曜が冷たくされてもなんとも思わぬが）

もし心の声が聞こえていたら、紫曜は大げさに嘆いただろうことを考えながら、碧玉は門弟らを振り返り、石を運ぶように指示をした。

ほころんでいた封じの術を修復し終える頃には、辺りはすっかり暗くなっていた。

碧玉達はくたくたになって帰り、その日はすぐに休むことにした。黒家が今回のお礼に三日後に宴を開いてくれるとのことで、それまでのんびりするように言われている。

体は疲弊しているのに、何故か眠れず、碧玉はため息とともに起きた。

「んん……」

天祐が寝言を口にする。

お互いに疲れているので、今日は同じ牀榻《しょうとう》で眠っただけだ。天祐は碧玉を抱きしめていたが、熟睡しているので腕がゆるんでいる。それをいいことに、碧玉は代わりに枕を差し入れて、牀榻《しょうとう》を抜け出した。

碧玉の正体を知った輝が、上等な客室を用意しようとしてくれたが、それで目立っては意味がないので断った。だがどちらにせよ、使用人の部屋で眠るのではなく、天祐の寝床で共寝することになったので部屋を移っても意味がなかっただろう。

寝間着の上に羽織を着ると、ふと思いついて道具箱を手に取り、部屋を出た。

幽霊の身になってから、夜中にこっそりと出歩くことが増えたので慣れている。灰炎が知れば心配して怒るだろうが、碧玉は常に護身用の呪符を持ち歩いているので、何か起きても対処はできる。

月明かりがあるので、灯りを持たなくても困らない。外廊下を歩いていると、灰炎に預けていたはずの白狐が現れた。

「主様《あるじ》、お散歩ですか？　お供します」

「しっ。白狐、灰炎の部屋に戻れ。ついてこなくてよい」

「わたくし、夜のほうが元気なのです。目がぱっちりです」

どうやら白狐は退屈していたようで、碧玉が部屋を抜け出したのに気づいて追いかけてきたらしい。

白狐は碧玉の下僕になったが、常に一緒にいられるのは面倒なので、灰炎に普段の世話を任せることにした。灰炎は動物が好きなので、喜んで引き受けてくれた。

「邪魔しなければ構わぬ。ところで、お前は雌《めす》なのか？」

「そうです。かわいい女の子ですよ」

「調子に乗るな」

碧玉がぴしゃりと言うと、白狐は三角の耳をぺたんと寝かせる。それでもついてくるのは、どこかけなげだ。だからといって、碧玉がわざわざ優しい言葉をかけるわけもなく、黙々と歩いていく。

そうしてやって来たのは、秋海棠《しゅうかいどう》が咲く離れだ。

花畑の中にある穴へと近づく。すでに李家の母子の遺体は片付けられているが、物悲しさを含んだ空気が漂っている。怨霊ともつかない陰気が、じわりとたまっていた。

碧玉は右手に浄火を呼び出し、陰気を祓う。

それから木製の道具箱を開け、四角に切られた黄色い紙束から紙銭を数枚取り出し、土がむき出しになっている地面に置いて、火打石で火をつける。

「主様《あるじ》、何をしてるんですか？」

妖怪には意味不明のことらしい。小首を傾げる白狐に、碧玉は答えを返す。

「供養だ」

「くよう」

「子を食われた母親が嘆いて、いずれ怨霊になるかもしれぬ」

実際、陰気がわずかにたまっていた。こういうものは、放置していると厄介なことになる。いずれ葬儀を行うだろうが、先にどうにかしておかなければと昼間から気になっていた。

紙銭が燃えるのを眺めていると、後ろで草を踏む音がした。

「碧玉様」

振り返ると、雪花が供もつけず、灯りも持たずに一人で立っていた。昼間のように、地味な装いをしている。

「二人を弔ってくださったのですね。ありがとうございます」

悲しさの中に慈愛のこもった声で、雪花は丁寧に礼を言う。

「雪花殿、こんな夜分遅くに出歩くものではない。どうしてここへ？」

「碧玉様こそ。わたくし、寝つけなくて外を見ていましたの。そうしたら、あなた様が出歩いていらっしゃるので、気になって……」

夜中に他人の屋敷をうろついていたら、主家の人間としては確かめずにはいられないだろう。

「不作法はお詫びする」

「……いえ、いいのです。あなた様は、表面上は冷たくていらっしゃるけれど、芯は優しい。皆、疲れ果てて、憐れな二人に紙銭を焚こうなど考えてもいませんでした」

「美化するのはやめていただきたい。怨霊になるのを防ぐべきと思っただけだ。黒家のことだ、あとで葬儀をするだろう」

「それでも、ですわ。碧玉様はいつもそうですわね。口では冷たいことをおっしゃいますのに、誰よりも行動で示すのですわ。耳当たりのいいことばかり口にして、何も行動をしない者より、ずっと御立派だったのだと……恥ずかしながら、あなたが亡くなってから気づきました」

どうして雪花が碧玉を褒めるのか、よく分からない。言葉のわりに、雪花は気落ちしているようで、つま先を見つめている。

「わたくし、昔はあなたのことが嫌いでした。お父様の前では礼儀正しくしていらっしゃるのに、お兄様には冷たいことばかり言うんですもの。それなのに、わたくしとの婚約話が出ていましたので、恐ろしゅうございました」

「主様《あるじ》は、今も怖いですよ？」

白狐が不思議そうに口を出したので、碧玉は白狐をにらんだ。白狐はビクッとして、慌てて秋海《しゅうかい》棠《どう》の茂みに逃げこんだ。

碧玉は沈黙を貫いた。前世の記憶を思い出すまでの碧玉は、雪花が嫌うのも当然な悪童だったので、特に否定するところはない。

「それに、あんまりにもお綺麗なので、隣に並びたくありませんでした。わたくし、幼いながら、自分の美を理解していましたのに、鼻っ柱を折られましたもの。おかげで謙虚になれましたので、今は感謝しております」

「そうか」

碧玉は道具箱から紙銭を取り出し、雪花に差し出す。

「昔は悪いことをした。今や、私は幽霊だ。弔いくらいはしてもらえるか」

「現世に戻る気はありませんのね」

雪花が遠回しに、雪花との婚約を結ばないかと聞いていることに、さすがの碧玉も気づいた。

「戻らぬ。私の心身は、すでに義弟のものだ」

「……ええ、分かっております。月食の災厄以降、女のわたくしも家業を手伝って外出しなければならない機会が何度かありましたの。我が家での事故の件がありましたから、身分を隠して、何度かこっそり白家を訪ねました。わたくしがあなたを見るように、あの方もあなたを見つめていました。その目にどんな熱がこめられているかなど、すぐに気づきましたわ。ああ、この人もわたくしと同じだって」

雪花は紙銭を受け取ると、碧玉が燃やしていた紙銭の残り火にばらまいた。火が燃え移り、一瞬、ボッと火柱が立つ。

「お慕いしておりましたわ、碧玉様。さようなら」

涙のにじむ目元で微笑んで、雪花はわずかに首を傾げる。

「それとも、お元気でと言うべきかしら？」

◆

白狐を侍女に化けさせて雪花を部屋に送るように言いつけると、碧玉は庭に一人になった。

道具箱から残りの紙銭を出して火をつけながら、感慨深く思う。

黒家は両親が地震に巻きこまれて死んだため、碧玉にとっては忌まわしい土地だ。月食の厄災以降は、もう足も踏み入れないだろうと思っていた。

それがなんの因果かこうしてやって来て、こうして李家の母子のために紙銭を焼いていると、この屋敷で亡くなった両親も弔っているような気持ちになってきた。

(まさか雪花殿に慕われていたとはな)

前世で読んだ物語の記憶もあったから、雪花からの好意などないと思っていた。やはり碧玉が行動を変えたからだろうか。地震のように、あの物語に近い展開になるよう強制力は働いても、人の心までは影響を受けないのかもしれない。

(心にまで影響するなら、天祐とこんな関係になってはいないか)

ぼんやりと考えていると、眠気がやって来た。そろそろ火の始末をして、部屋に戻ろうかと考えたところに、二人目の客が現れた。

「まったく、黒家の人間は夜遊びが好きらしい」

碧玉はため息まじりに皮肉を言う。今度は紫曜が立っていた。部屋着らしき黒い衣姿で、丸く切られた紙銭の束を持っている。こちらは半紙で作ったもののようだ。

「あんなことがあったから、さすがに眠れなくてな。李さん達に申し訳ないから、紙銭でも焚こうかと。火がついているならちょうどいい。私のも燃やしてくれ」

「勝手にせよ」

紫曜は焚火の近くに来ると、紙銭をその中に投げた。それから手を合わせて祈ると、ちらりと碧玉を見る。

「結局、雪花を振ったのか」

「いつから近くにいた？」

「昔は嫌いだったと言われている辺りから。ああ、残念だ。お前が義弟になったら、いろいろと助けてもらう心積もりだったのにな」

「貴様、私をこき使うつもりだったのか？」

「ははっ。親戚同士の助け合いというやつだ」

碧玉がにらんでも、紫曜にはこたえていない。

「まあ、先代の白宗主夫妻のこともあるから、父上は尚のこと白家と縁戚になりたがっていたよ。親戚ならば堂々と助けられる。でも、お前は若くてもしっかり領地運営をこなしていたから、必要なかったみたいだな」

「ふん。だが、帝に目をつけられて、このざまだがな」

碧玉は皮肉っぽくつぶやいた。

「そこでどうだろう？　妹と天祐殿で、実際に縁談を組むというのは？」

「妹の身がかわいいなら、やめておけ」

碧玉は紫曜の提案をばっさりと切り捨てる。さえざえと冷たい視線を、紫曜に向けた。

「私は天祐が浮気をするなら、相手もろとも殺すつもりだ」

紫曜がぎょっと目を見開く。ごくりと唾をのみこんで、恐る恐る口を開いた。

「まさかと思っていたが、お前達、そういう関係なのか？」

「肉体関係があるという意味ならば、その通りだ」

「天祐殿ならば分かるが、お前まで本気とは」

「押しに負けたせいとはいえ、私の身は安くないゆえな」

ふんと鼻を鳴らし、碧玉は紫曜を見つめる。

「それで、まだそのような戯言《ざれごと》を続けるつもりか？」

「いやいや、もう言わないよ！　天に誓って！」

慌てて返事をすると、紫曜はうれしそうに微笑んだ。

「そうかそうか。よかったな、碧玉。お前に好きな人間ができて、親友としてはうれしいよ」

「自称、な。貴様を親友と思ったことはない。訂正しておくが、天祐のことは好きでも嫌いでもない」

「ん……？　いや、どう聞いても嫉妬だろう。どういう感情だよ」

「だが、愛してはいる」

紫曜はあっけにとられて、しばし黙りこむ。

「碧玉、お前、分かりにくい男だなあ！」

「うるさい」

何やら喜んでいる紫曜に肩や背をやたらと叩かれ、ぶち切れた碧玉は浄火を紫曜の眼前に呼び出して脅してやった。

◆

焚火の始末を終えたところで、ようやく白狐が戻ってきた。白狐は侍女から獣の姿に戻っており、跳ねるように駆けてくる。碧玉の傍まで来ると、白い毛の口元に、黒い餡がべったりとついていることに気づいた。

「随分遅かったな」

もちろん皮肉であるが、白狐はにぶさを発揮して、のほほんと返す。

「主様《あるじ》、雪花さんはよい人です。お菓子をくれました」

「……食い物につられないようにしつけよと、灰炎に命じておこう」

こんなに警戒心が薄くて、これまでよく生きのびてこられたものだ。これは結界に守られた平穏さの恩恵だろうか。

「お前、黒家をだましていたことについて、詫びたのであろうな？」

「はい。雪花さんにごめんなさいって言いました。若様もごめんなさい」

白狐は素直な性格のようで、紫曜にぺこんと頭を下げる。彼は複雑そうな面持ちになった。

「君、本当に疎影と入れ替わっていたのか？　暗香の時の妖艶さが皆無だが」

「ええ。きちんとしないと食うぞと、あの方に脅されておりましたので。わたくし、巫術師《ふじゅつ》のことも怖いので、本当は近づくのも嫌だったんですけど」

碧玉は素朴な疑問を抱いた。

「これまで黒家に見つからずに済んでいたのが不思議だな。天声山のどの辺りを住処にしている？」

「採石場の近くです。あの辺りは、龍脈の影響で、冬でも温かいのです。でも霊力が強過ぎるので、普通の動物はあまり近づきたがりません。人間が近づけばすぐに分かるので、隠れていました」

この白狐は天敵がいない場所で、ぬくぬくと育ったようだ。

「ああ、確かに、あの近くに温泉が湧いている。龍脈の影響があって、その辺の薬草より効くんだ。黒家の湯治場がある」

紫曜がなるほどとつぶやいた。

「そうだ。碧玉、宴まで日があるから使っていいぞ。手配しておく」

「私よりも、黒宗主が使うべきだろう。あの様子では、早急に対処しなければまずいぞ」

「一日ずっと使うわけじゃない。父上と話して、時間帯を教える。黒家は白家に大きな借りがある。これくらいさせてくれ」

「……分かった」

白家でも、碧玉は屋敷で湯治をしている。碧玉の療養のために、家臣達が封魔山に湧く温泉を屋敷まで引いてくれたのだ。そちらでも充分に助けられているが、龍脈の影響が強いので、こちらのほうが回復力は高いだろう。二日程度ならば気休めだろうが、どうせ暇なので時間つぶしにちょうどいい。

「助力が必要なら、天祐に言っておけ。式神なら貸し出してやる」

「壊された塀や土地の後片付けくらい、こちらでするさ。これ以上、白家に貸しを作ると、何を要求されるか怖いのでね」

「ふん。分かっているではないか」

道具箱を持つと、碧玉は紫曜に背を向ける。客室のほうへ歩き出す背に、紫曜が話しかけた。

「あのさ、碧玉。お前は私のことを友と思ってはいないのだろうが、私はそう思っている。困り事があったら……なくてもいいから、いつでも来いよ」

「相変わらずのお人好しだな。白領のことでもなければ、そうそう来るまいよ。貸しを気にしているなら、天祐に力を貸してやれ」

「分かったよ。お前は義弟に甘いよなあ」

なんのことだか分からなかったので、碧玉は返事をせずに歩き出した。未来の死を回避するために必要最低限のことはしていたが、甘い対応をした覚えはない。

「碧玉、本当のところは、私も……」

「なんだ？」

神妙な声音をけげんに思い、碧玉はわずかに振り返る。紫曜は笑った。

「いや、いいんだ。なんでもない。おやすみ！」

「貴様も早く休め」

問題は解決して、すべきことは終わった。今日はぐっすり眠れそうだ。

離れを遠ざかり、外廊下を歩いていく。

月に照らされ、柱の影が交互に落ちている。白狐がそれをぴょんぴょんと踏んで先へ進む。楽しそうにしていた白狐は突然立ち止まり、ぶわっと毛を逆立てた。

「あ、主様《あるじ》〜っ」

白狐は戻ってきて、碧玉の後ろに隠れる。妖怪が恐れるようなものでもいるのかと、碧玉は思わず身構えたが、そこにいたのは天祐だった。客室近くの壁にもたれかかって立っている。碧玉は肩から力を抜いた。

「驚かすな」

「こんな夜更けに、俺の目を盗んで逢引ですか？」

ひんやりとした冷気を感じるのは、気のせいではない。天祐の怒りに呼応して、霊力があふれている。道理で、白狐が怯えるわけだ。

「この狐とか？」

碧玉は鼻で笑い、足元の白狐を一瞥する。天祐ににらまれた白狐は、ビクッと震える。

「ぴっ。ち、違いますぅ！　主様《あるじ》は、供養で、紙を焼いてました！」

「……供養？　もしや、李家の母子のために？　そういうことなら、俺を起こしてくださいよ！　ここは白家ではないのです。一人でふらふらと出歩かないでください！」

理由が分かると、天祐はすぐに怒りを引っこめた。碧玉は眉をひそめる。

「まったく、灰炎のように口うるさい奴だな。寝つけぬゆえ、散策してきただけだ」

「そうですそうです。そういえば、離れで雪花さんと紫曜さんにお会いしましたよ」

碧玉は余計な口をきく白狐を、今すぐくびり殺してやろうかと思った。碧玉の邪念を感じ取ったのか、白狐がそろりと距離をとる。

「わたくし、お腹が一杯で眠くなってきました。おやすみなさい！」

逃げ足の速い狐である。

「私もそろそろ寝るとしよう」

碧玉も後に続こうと思ったが、天祐が目の前に割りこんだ。

「やっぱり逢引じゃないですか！」

「たまたま会っただけだ。雪花殿は、客人が夜中にうろついているから気になって見に来たようだったし、紫曜のほうは紙銭を焼きに来たらしいぞ」

天祐に隠し事をするといつまでもうるさいので、碧玉はしかたがなく、何があったか全て話した。

「そういえばお前、雪花殿には私への気持ちがばれていたようだぞ」

「うっ」

天祐はあからさまにひるむ。

雪花は家業の手伝いのため、身分を隠して白家を訪ねていたと言っていた。

黒家は地震の件での対応に追われていたようだし、月食の災厄のせいで各家からの依頼が増え、法具作りで忙しかったはずだ。ああいった道具作りは後継者にしか伝わらない秘術もあるので、主人と長男の身動きが取れない状況なら、娘が代理で派遣されてもおかしくはない。巫術《ふじゅつ》に精通していて、問題が起きた時に責任を持って対処できる能力者となると、直系のほうがいい。

「覚えはあるか？」

「いえ、覚えていませんよ。各地から封魔の壺を預けられ、俺や門弟が対応していたので、そこで俺のことを知ったんでしょう。隠してはいませんでしたが、ばればれなのも恥ずかしいですね」

天祐は照れて、目を伏せた。

雪花が使者となっていたのが封魔の壺関係なら、納得だ。あの頃は人の出入りが激しかったので、雪花が変装してまぎれこんでいたなら気づかなかっただろう。

「もう夜も遅い。休むぞ」

碧玉がこの機会を逃さず天祐の横をすり抜けようとしたのを、天祐に阻止された。腕の中に抱きしめられる。

「ふふふ」

天祐が楽しそうに笑い、にやにやと目を細める。

「それで、その雪花殿を振ってくれたのですね。俺と雪花殿の結婚話も拒否してきた……と」

それをつつかれるのが嫌だったので、碧玉は会話を打ち切りたかったのだ。

「前にも言ったはずだ。浮気をするなら、お前と相手の両方を殺す、と。兄の決定に不満でも？」

「喜んでいるのが分かりませんか？　兄上ならば、誰でも選び放題ですのに」

「私が？　それはお前のほうだろう。私とて、自分の性格に問題があることくらい分かっている」

「兄上は確かに冷たいですが、行動には理屈が通っています。理不尽に民を死に追いやることもしませんし、良き君主では？　いいんですよ、兄上はそのままで。誰にでも優しい人になられては、邪魔者が増えますので」

碧玉は呆れをこめ、天祐の顔を見た。

「ふん。今は幽霊の身ゆえ、もうどうでもいいことだ」

自分の感情面にどこか欠落があるらしいことを、気にしていないわけではない。誰か一人でもそのままでいいと言ってくれると、安心することを初めて知った。

「兄上は俺が嫁を選び放題の立場だと思ってるんですね。はあ、違いますよ。あなたと違って甘いので、つけ入る隙があると思われてるんです。上の立場は厳しくならざるを得ないのだと、よく分かりました」

天祐はため息をついた。宗主になりたての身なので、気苦労が多いのだろう。慣れるまではしかたがないことだ。

「どんな相手でも、利用しようという輩《やから》は湧いて出る。ゆえに人を見る目を養えと、昔、教えたのだ。――それはそれとして、お前、男前で性格が爽やかな独身の若者ときたら、人気があって当然だろう。後継者教育もしっかりほどこしたから、どこに出しても恥ずかしくはない」

「えっ」

天祐は食い入るように、碧玉を凝視する。碧玉は心持ち身を引いたが、天祐の腕のせいで離れられそうにない。

「兄上、俺のことをそんなふうに思ってくださっていたんですか？　ありがとうございます！」

抱擁の手が強くなり、碧玉は眉を寄せる。

「そうなるように指導させたのだから、当たり前だと言っているのだ。おい、離さぬか！」

ふいに、天祐が碧玉を腕に抱え上げた。さすがに驚いて道具箱を落としそうになり、碧玉は慌てて抱えこんだ。こんな夜中に大きな物音を立てるわけにはいかない。

「兄上は相変わらず好意に鈍感なので、心配ですよ。おかげで、俺みたいなのが傍にいられるので、ありがたいのですけどね」

天祐は客室のほうへ早足に歩いていき、中に入るや扉に鍵をかけた。

牀榻《しょうとう》に下ろされた時点で、碧玉は嫌な予感がしている。

「お、おい、天祐？　私はそろそろ休みたいのだがな」

天祐は碧玉の手から道具箱を取り上げ、几《つくえ》のほうに置いた。そして、こちらににこりと笑みを向ける。

「俺を放って散歩に行くくらい、お元気なんでしょう？　黒家行きが決まってから、俺が浮気しないか心配されてらしたようですが、俺がどれほど余所見する余裕がないか、しっかりと教えて差し上げますよ」

もしかして天祐は、最初から根に持っていたのではないだろうか。

（とんだ藪蛇だ……）

碧玉はひくりと口端を引きつらせた。

天祐の右手が碧玉の頭に触れ、かんざしを引き抜く。

頭の上半分でゆるくまとめていただけだったので、銀髪があっさりと落ちる。天祐はその一房をつまんで、うやうやしく口づけを落とした。

この客室には几《つくえ》の燭台一つに火が灯されており、ぼんやりと室内を照らしている。

その明かりでも、天祐がいとしげに目を細めるのが碧玉には充分に見えた。碧玉の胸の奥に、むずがゆいものが生まれる。目は心の窓などというが、天祐は気持ちを隠すどころか惜しげもなくさらすので、何故だか気まずくなるのである。

思わず、碧玉が目をそらして壁のほうを見ると、天祐は急にその左の首筋に噛みついた。

「お、おいっ、見える場所に痕をつけるな！」

甘噛みなので痛みはないが、衣で隠せない位置に情事の痕跡を残されては困る。

「兄上、随分気まずそうではないですか。浮気をしたのは兄上のほうでは？」

「お前が！　その目をするからだ！」

碧玉が視線を戻して文句を言うと、天祐はきょとんと瞬きをする。

「その目とは？」

「無自覚なのか。私はお前の視線でやけどしそうだ」

碧玉はため息をついた。覆いかぶさっている天祐の両頰に手を伸ばし、ぐいっと引き寄せる。

「まったく、お前が私を恋しいのはよく分かったが」

「あ、兄上」

物騒な空気を漂わせるわりに、天祐の碧玉への触れ方は優しい。今も、碧玉をつぶさないように腕に力を入れている。碧玉は少し頭を持ち上げ、天祐の左耳をやわく食《は》んだ。

「宴まで、黒家の湯治場を借りることになったゆえ、良い子だから私の言うことを聞きなさい」

耳元で聞こえる程度の声で叱ると、天祐はわなわなと震えた。碧玉は頭を枕に戻し、くっと笑う。

薄暗闇でもはっきりと分かるくらい、天祐は真っ赤になっている。

「〜〜っ、兄上！」

「なんだ？」

「ああもう、分かりましたよ！　くそっ」

珍しく汚い言葉で舌打ちする天祐。碧玉は太ももに当たる硬いものに気づいて笑った。

「なんだ、これだけできざしたのか。天祐、お前、本当に私のことが好きだな」

天祐はすねたようで、子どもっぽく唇をとがらせる。

「何回もそうだと言ってるじゃないですか」

「お前が私を疑うから、からかっただけだ。私はそこまで安くないぞ」

「……すみませんでした」

「ふむ。宗主が謝るのだから、若輩者としては許すしかあるまい」

素直な天祐があからさまに落ちこんでいるので、碧玉はこの辺りで意地悪をするのをやめることにした。

「弟が非を認めたのに兄が謝らぬのは、道理が通らぬな。私も、お前を見張っていたのは悪かった。今後は信用しよう」

「兄上！」

天祐はぱっと頬をほころばせたが、すぐに不思議そうに首を傾げる。

「そういえば、どうしてそんなに雪花殿との見合いで、俺に神経をとがらせていたんです？」

碧玉は答えに迷った。碧玉は前世の記憶があり、天祐は前世で読んだ書物の主人公で、結婚相手が黒雪花だったなどと、馬鹿正直に話すのはどうかと思う。少し考えて、それらしい答えを引っ張り出す。

「前に言っただろう。雪花殿は美しい女人《にょにん》だと。いくらお前でもひと目惚れでもするのではないかと思ってな。私は男ゆえ、後継ぎを産んではやれぬし……ん？」

頬に冷たい水が降ってきたので、碧玉はぎょっとした。天祐ときたら、泣いている。

「お、お前は、いきなりなんだ！」

「だって、兄上が、まさか俺の子を産んでもいいと思っていたなんて知らなかったので」

「女に生まれていたらの話だ」

そういえば天祐は昔から、感情が爆発すると泣き出すところがある。碧玉は天祐の目元を、袖で乱暴にぬぐう。

「うぶっ」

「まったく、お前ときたら……。そんな調子で、私があの狐みたいにお前をたぶらかして操ろうとしていたら、どうするつもりだ？」

「何をおっしゃいます。そもそも白家は兄上のものですし、俺は兄上の願いならなんでも聞きますよ！」

「はあ……」

もしかして天祐は、あの狐よりたちが悪いのではないか。だが、碧玉は白領をより良くしようとは思っても、滅茶苦茶にするつもりはないので、そもそもあの妖怪とは目的が違うのだ。比較は意味をなさない。

「もうよい。馬鹿馬鹿しくなってきた」

碧玉は天祐の腕を引いて、牀榻《しょうとう》に転がす。今度は碧玉のほうが押し倒して、唇を奪う。

「それで？　余裕の無さを教えてくれるのではなかったのか？」

にやりと口端を吊り上げ、碧玉は意地悪に問いかける。途端に、幸福感でぼんやりしていた天祐の目つきが変わる。

「もちろん、そのつもりですよ」

ぐいっと引き寄せられながら、天祐を煽り過ぎたかもしれないと碧玉は少し後悔した。

◆

天祐が碧玉の後頭部を引き寄せ、深く口づける。やわらかい舌が口内に入りこんできて、好き勝手に暴れ始めた。

碧玉は天祐の顔の横に手をついていたが、腕から力が抜けて、天祐の体に倒れこむ。

「はあっ。んん」

息苦しさに碧玉が口を離そうとすると、天祐はすぐに口をふさぎ直す。碧玉はどうしても噛みつくような口づけに慣れず、くらくらしてくる。それを天祐も分かっているので、ようやく唇を外した。

「相変わらず不慣れですね」

天祐はくすりと笑い、碧玉の衣の襟をつかむと合わせを開く。中途半端に脱がせた格好で、鎖骨を甘噛みし、そのまま下にずれて胸の飾りに吸いついた。

「んっ」

碧玉は思わず声を漏らす。

初めの頃は、男の胸なんて触って意味があるのかと疑問だったのに。閨《ねや》のたびに天祐がいじるせいで、最近では触れられると変な感覚がするようになってしまった。

天祐の右手は碧玉をなだめるみたいに背中をなで、左手が帯を外して床に落とす。すっかり慣れた仕草で碧玉の衣を全て取り去ると、再び天祐が碧玉を押し倒す格好に戻った。

首筋に吸いつこうとして、天祐は残念そうにつぶやく。

「ああ、痕をつけてはいけないんでしたね。白家に戻ったらいいですよね？」

「駄目だと言っても、つけるのだろうが」

「そもそも、しばらく兄上を外に出したくありません。不埒者が湧いて出ては面倒ですから」

「なんだ、帰りに寄り道せぬのか」

碧玉はわずかに首を傾げながら、天祐の寝間着に手をかける。碧玉の意図に気づいて、天祐は自分で寝間着を脱いで、床に放り落とす。引き締まった見事な体躯があらわになった。同じ白家の血筋なのに、天祐のほうが武芸者らしく見えるのが碧玉には不思議だ。

「もちろん、兄上のご希望は叶えます。どちらに行きたいので？」

「お前が前に言っていたではないか。共に町を歩きたい、と。白雲の地では私を知る者が多いゆえに厳しいが、領境なら問題なかろう。……なんだ？」

「兄上が俺と逢引をしたいと！」

「たまにはお前の希望も聞いてやると言っているのだ」

「俺のためなら、尚のことうれしいです！」

ぱあっと明るい笑みを浮かべた天祐は、その勢いのままのしかかってくる。再び口づけをしながら、碧玉の肌を優しくなでる。特に鞭の傷痕が深く残っている背は、羽毛でなでるかのようにそっと扱う。それが逆にこそばゆくもあり、碧玉が身を震わせると、痛いのかとこちらをうかがった。

その様子がまるで飼い主の顔色を見る忠犬のようで、碧玉は内心で少し呆れるのだが、宝物のように大事にされるのは悪い気はしない。大丈夫だと答える代わりに、こちらから口づけをした。

「兄上っ、煽らないでくださいっ」

「んぅ!?」

この口づけの何がいけなかったのか分からないが、すわった目になった天祐が、碧玉に激しい口づけを返す。そこからはゆったりした空気はなくなり、乱暴ではないものの、急《せ》き立てるように碧玉を追いこんでいく。

肌をなでて体をほぐしながら、胸や碧玉の陽物への愛撫も忘れない。

「あ、ああ、ん？」

あと少しで達しそうなところで天祐が手を止めるので、碧玉は眉をひそめて天祐を見る。

「駄目ですよ。先に寝られては困るので」

天祐の言い分も分かる。疲れているので、確かに一度果てたら、天祐を置いて寝てしまいそうだ。

天祐は香油の入った容器を取り出すと、指に香油をまとわせ、碧玉の尻のあわいに触れた。後孔を丁寧にほぐし始める。

指が三本入るようになると、天祐は指を引き抜いた。準備ができたことを悟り、碧玉は息をのむ。

何度相手をしても、天祐の陽物が中に入るのが信じられない。

「毎回、そんな顔をしないでくださいよ」

「お前のそれが大きいのが悪い」

「褒めてくれてありがとうございます」

文句のつもりだったが、天祐はうれしそうだ。

「子作りしましょうね、兄上。いえ、碧玉」

「それは女だったらの話で……うっ」

碧玉は言い返そうとして、言葉を切る。天祐の陽物がゆっくりと押し入ってきたせいだ。この時はいつも苦しいのだが、交わってから日がさほど経っていないせいか、意外にもすんなりと馴染んだ。

「兄上のここ、俺を覚えてくれてうれしいです」

そんな馬鹿なことがあるかと言おうと思ったが、碧玉は閨事《ねやごと》に明るくない。持ち前の冷たさのせいで、他家の子息から猥談を持ちかけられることなどもなく、一般的にどうなのか知らない。前世の記憶では、男女のことはうっすらと覚えているものの、男同士となると知識がない。もしかしたらそんなこともあるのかもしれないと思い直した。

天祐は馴染むまで待ってから、ゆっくりと腰を動かし始める。中にあるいい場所を、執拗にこするので、碧玉にはたまらない。

「ああっ」

天祐の背に手を伸ばしてしがみつく。すると、天祐の律動が激しさを増した。碧玉の腰をつかみ、ぐっぐっと突き上げる。

「あっ、あっ、待て、急にっ」

碧玉は声を上げ、快楽を逃がそうと、首を横に振る。逃げたいのに、こんな真似をする天祐にしがみついているのが滑稽だ。天祐は荒い息をしながら、奥をうがつ。

「ひっ、やめろ、そこは……っ」

「ここがいいところでしょう？　ここを突くと、ほら、中が締めつけてくる」

「〜〜っ」

爽やかな顔で、嫌らしいことをささやく天祐に、碧玉の羞恥心は煽られる。

「あっ」

天祐があえて放置していた碧玉の陽物を握ったので、碧玉はビクリと震えた。その上、胸の飾りまで口に含む。

「んうっ」

「碧玉、触れられるのは、俺だけです。絶対、誰にも渡しませんから」

容赦なく突き上げながら、天祐は切なげな声で訴える。この執着も独占欲も、向けられるのは碧玉だけだ。なんだかそれは気分が良い。

「――ふっ。……も、だ」

「え？」

「お前も、私のものだ」

独占欲が強いのは、何も天祐だけではないのだ。

「――碧玉！　愛してます！」

ぐっと最奥を突かれ、天祐が息をのむ。中に注がれる熱を感じながら、碧玉も高みに押し上げられる。

「あああっ」

細い声を上げて、碧玉自身も精を放つ。

そこで疲労が限界で、天祐の抱擁を感じながら、そのままゆっくりと眠りに落ちた。

◆

三日後、黒家では昼から宴が開かれ、ご馳走や酒が振る舞われた。

賑やかな声を聞きながら、仮面で顔の上半分を隠した碧玉は、誰もいない濡れ縁に出てひっそりと一人で茶を飲んでいる。天祐や灰炎には、礼儀として宴席に出るように言いつけてあるので、静かなものだ。

「こんな所にいた。碧玉、お前もこちらに来ればいいのに」

ひょっこりと顔を出したのは紫曜だ。白い焼き物の酒瓶と酒杯を二つ持っている。

「私は幽霊ゆえ、あそこにいてはおかしいだろう」

「今は遠縁の雲銀嶺殿だろう？」

紫曜はにやりと笑う。

「名を聞いた時におかしいと思ったんだ。雲海家の名は聞くが、雲家など知らないからな」

「相変わらず、清濁あわせのむ奴だな」

心の中では変だと思っていてもその場では追及しない辺り、紫曜は策士だ。

「藪をつついて蛇を出すのもな。それに、弱みになりそうなことはそのままにしておいたほうがいい」

「狸め」

「用心深いと言ってくれ」

冗談っぽく言いながら、紫曜はこちらをじっとうかがう。先ほどの問いの答えを聞きたいらしい。碧玉は庭に視線を向ける。

「宴には出ぬ。騒がしいのは好まぬ」

「そうか、分かったよ。それじゃあ、一杯くらい付き合ってくれ。白家の者は酒豪だから、どうせ酔わないだろう？」

「一杯だけだ」

紫曜は勝手に隣に座ると、酒杯を差し出した。碧玉は礼儀として、酒を酌みかわす。どうやらいい酒を持ってきたようで、まろやかで上品な飲み口だ。米の甘みを感じる。

そよと風が吹いて、枯れ葉のにおいを運んだ。

「父上とはゆっくり話せたのか？」

「ああ。これまでのいきさつと、今後についても話した」

この三日。湯治場で休んだり、体調を整えた輝に面会を求められて部屋に行ったりと、なんだかんだ忙しくしていた。初日に部屋から出なかったのは、狐退治での疲労のせいだけではないが、そういうことにしておいた。

「俺には、お前が疎影と対峙している時は元気に見えたが、本当にこのまま隠居するのか？　お前の生存がばれたとて、当代の帝は先帝の死の厄払いで青家になったから、問題ないと思うがな」

天治帝と妃達の死はあまりに不吉過ぎたため、当代の帝は他家から選ばれたのだ。

紫曜はそこで顔をしかめる。

「しかし、先帝は真面目に見えたが、とんだ危険人物だったのだな。一応は、お前は親戚だろうに、賜死《しし》にまで追いやるなど非情過ぎるぞ」

碧玉の母は、緑家から嫁いできた。紫曜の言う通り、碧玉は先帝とは従兄弟でもある。

「あの男を選んだのは、七家の会議だ。白家は代替わりをしたばかりで余裕がなく、参加しなかったがな。黒家は参加したのでは？」

正直なところ、あの辺りは両親の死で頭が一杯で、他の記憶がほとんどない。黒家がどうだったかなど覚えていない。碧玉の問いに、紫曜はため息まじりに、首を横に振った。

「本来、内定していた帝は、黒家の宴で地震に巻きこまれて亡くなったのだぞ。当時は各家から非難ごうごうで、黒家に参加権はなかったよ」

「自然災害は、黒家の責ではあるまい」

「こんな時こそ、異能を発揮しろと責められたんだ。我らの異能はあくまで直感で、予知ではないのだがな……。世論が厳しく、どうにもできなかった。こちらも罪悪感があったから、甘んじて受けたさ」

黒家が会議に参加していたら、また違っていたかもしれない。特に人物査定の時に、黒家の異能は能力を発揮されるからだ。

「当代の選定の時は呼ばれたよ。黒家が参加しなかったから、不運な帝を選んだのかもしれないと恐れられてな」

「また黒家のせいにしたのか？　呆れた連中だな」

「どの家も先帝の妃に掌中の珠《かわいいむすめ》をつけたというのに、全員、原因不明の病で亡くなっただろう？こちらは関わりはないというのに、変な恨まれ方をしているよ」

碧玉はふっと笑う。

「とんだ火の粉をかぶったものだ」

「まったくだ。とりあえず、白家の頭が天祐殿でいる間は、黒家としても安心だな。お前が後ろにいるなら、心強い」

「今は不慣れだが、天祐は私がいなくとも上手くやるだろうよ」

「まさかのろけか？」

「そんなわけがなかろう。そうあるべく教育したのだから、問題ないと言っている。……なんだ？」

急に紫曜が碧玉をしげしげと眺めるので、碧玉は片眉をはね上げる。

「いや、お前は本当に青炎様と翠花《すいか》様に似たものだなと思ってな」

思わぬ指摘に、碧玉は言葉が出てこない。容姿は父に似ていると言われたことはあるが、穏やかな母に似ていると言われたことがない。

「翠花様は嫉妬深いし、青炎様は愛情深くて執着が強かっただろう？」

仕事人間と言われるのかと思えば、全く想像しないところを指摘された。

「……は？　母上はともかく、父上がなんだと？」

「知らんのか。青炎様は遠くに出かける時は、必ず翠花様をお連れになっていただろう？　正室を連れていくのが礼儀の場合もあるが、そうでない場所でもだ」

「そういえば、二人はよく外出されていたな」

夫婦はそのようなものなのだと思っていたが、紫曜が言うには違うらしい。

「青炎様は屋敷に翠花様を残したら、留守中に翠花様に何者かが近づくのではないかと、気にしていたそうだぞ。父上がおっしゃっていたから間違いない。碧玉、お前は懐《ふところ》に入れたものには愛情深さを見せる。それに嫉妬深いから、昔は青炎様の情を分けるのが嫌で、天祐殿をいじめていたじゃないか。実にそっくりだと思ってな」

幼馴染なので、当然、紫曜は碧玉の悪童ぶりも知っている。黒歴史を掘り起こされて、碧玉はむずむずした。

「青炎様は義弟をいじめるお前を叱っても、ひどく怒ることはなさらなかっただろう？　愛する妻の気性とそっくりだから、かわいく見えてたんじゃないかと俺は思うんだがなあ」

今となっては知りようがないが、確かに青炎から義弟いじめについて、厳しく叱責されたことはない。それでいて碧玉が義弟の好待遇について抗議をしても、やんわりといなされるだけだった。

それでますます腹を立て、天祐への怒りをつのらせていたような覚えがある。

「……私は愛情深いほうではないぞ。冷たいのは自覚している」

「白領のために毒杯をあおるのを選んでおいて、どこが愛情深くないんだ？　お前が自己中なら保身を選んで、領地を差し出していたさ」

碧玉が黙りこんで何も言わないのをいいことに、紫曜は酒をあおってため息をつく。

「あーあ、そんな調子だから心配なんだ。天祐殿にしっかり守ってもらえよ」

「何をっ。私は自分のことくらい、自分で守れる！」

「はいはい」

笑いながら流され、碧玉は苛立ちで震える。碧玉がギロリとにらむと、紫曜はここにいては身が危ないと悟ったらしく、酒瓶と酒杯を回収してそそくさと逃げ出す。

「達者で暮らせよ、碧玉。帰りには見送りに出るからな」

逃げ足の速い幼馴染をにらんでいると、入れ替わりで天祐が現れた。おいしそうな料理をのせた膳を持っている。山菜やきのこなどの山の幸を使った品ばかりだ。

「兄上、好物の山菜の素揚げをお持ちしましたよ。……何をそんなにお怒りなんです？」

「紫曜が適当なことばかりぬかすからだ。私が父上に似て愛情深いとかなんとか」

「それがどうかしましたか」

天祐はきょとんと瞬きをすると、膳を置いてから腰を下ろす。

「……何？」

「兄上、ただ厳しいだけの者には、ついていきたいとは思わないものですよ。ですが」

天祐はにんまりと笑う。

「俺には優しくしてもいいですよ？」

「……図々しい奴だな」

「そこがかわいいでしょう？」

「ぬかせ」

碧玉は天祐の鼻を軽くつまんで、すぐに手を離す。こんな子どもっぽいやりとりでも、碧玉が構うだけでうれしいようで、天祐は笑っている。

「見返りも上々であるし、こたびの遠征は素晴らしい成果だ。配下をしっかりねぎらってきなさい」

「ええ、充分に声をかけてきたので、あとはこちらでのんびりしますよ」

酒も運んできたようで、天祐は満面の笑みで酒瓶を見せる。

「主君、料理をお持ちしましたよ」

「銀嶺殿、お好きそうな茶菓子を……ん？」

偶然にも、灰炎や白蓮、他の門弟も皿を持って現れた。

「私がさしあげるので結構です」

「何をおっしゃいます、灰炎殿。宴席ですから、従者の仕事はお休みされては？」

「たまには我らにも給仕させてくださいよっ」

にらみ合う彼らのうるささに、碧玉は眉をひそめる。

「兄上、少しくらい同席されては？　それで解決かと」

「遠征先でくらいゆっくりすればいいだろうに、妙なことでもめるな」

碧玉は悪態をつきながら、天祐にうながされるままに立ち上がる。表向きは遠縁という立場で、久しぶりに家臣達といくばくかの時間を過ごすことにした。

空蝉《うつせみ》を恋《こ》ふ

空蝉《うつせみ》を恋《こ》ふ

黒領で九尾の狐退治を終えた碧玉達は、白家の屋敷への帰路についていた。

黒領と白領の境である川を越え、白領内へ入ってすぐの場所にある灰岐《かいぎ》という名の町は活気に満ちている。

大通りには様々な店が並び、商売人のかけ声があちらこちらを飛びかっていた。

商品は食料品や衣料品から始まり、白家の得意な護符や呪符もあれば、黒家から流れてきたらしき占い師が店を構えていることもある。まるでそれぞれの家の良いところを選んで、あちらこちらに雑然と配置したかのようだ。

まずは良宿を一つおさえて寝床を確保してから、碧玉は天祐を連れて、共に町を散策に出た。

白家の本邸から遠く離れたこの辺りなら、碧玉が出歩いていたところで、すぐに気づくような者はほぼいない。それでも碧玉は木製の面で、顔の上半分を隠している。

貴人は顔を隠すことが多いので紗がついた笠をかぶってもいいのだが、幅をとるし、身軽とはいえない。仮面のほうが気楽だ。

天祐が碧玉に似せた式神を連れ歩いているのは周知のことなので、式神のふりをすればいいかもしれないが、式神は血が通っておらず感情表現が希薄だ。一般人なら誤魔化せたとしても、道術に明るい者なら、すぐに碧玉が生身の人間だと気づく。白家の領域には道士が多い。死刑からからくも生き残った身としては、彼らに騒ぎ立てられると面倒だ。

碧玉がこんな面倒な気遣いをしているのは、天祐が二人きりで散策したいと言うからだ。冷たいと言われている碧玉とて、たまには恋人の望みくらい叶えてやろうかくらいは考える。逢引なら、距離が近いほうがいいはずなので、紗が邪魔な笠より仮面のほうがいいだろう。

天祐が出した二人きりという条件のため、灰炎ら護衛はもちろん、同行している配下にも自由時間を与えた。

護衛は当然のように傍を離れるのを渋ったが、天祐が笑顔で「宗主命令だ」と圧をかけたので、しかたなく引き下がった。天祐は彼らに小遣いをばらまいて、絶対についてくるなと言いつける念の入れようだ。

以前に比べれば体力は落ちたが、碧玉とて前宗主なのだ。自分の身を守る程度はたやすいので、特に心配はしていない。そもそも天祐が危険を阻止するに決まっている。家臣が過保護なのだ。

「銀嶺、飴売りがいますよ！」

天祐は珍しく年相応にはしゃいだ様子を見せ、碧玉の偽名を呼んで、屋台を示す。動物をかたどった白い飴がいくつか、竹串に刺さり並んでいる。

「欲しいならば、買えばよかろう」

いかにも庶民が好むような、素朴な米飴だ。稚拙《ちせつ》でいびつなものがほとんどの中、鳥の形のものはよくできているように見えた。

碧玉の言葉に、天祐はさっそく店主に声をかける。

「店主、あれとそれをくれ」

「はいよ、まいどあり！」

「どうぞ」

天祐は兎と鳥の飴を買い、鳥のほうを碧玉へ差し出した。

「何故、私に鳥の飴を？」

「え？　そちらをご覧になっていたではありませんか。お気に召したのでは？」

「お前が作る白雀の式神に似ていると思っただけだ」

碧玉は特に飴を食べる気はなかったが、天祐があまりにもいい笑顔をするので、どうにも断りづらい。碧玉はとりあえず、天祐の手から、飴が刺さった竹串を受け取った。

「銀嶺が町の散策をお望みとは。共に歩けて幸せです」

すっかり表情をゆるめて、天祐は赤裸々に告白する。するりと右手を伸ばし、碧玉の左手を取った。人前でいちゃつく趣味はないが、今は特別だ。碧玉は周りの目を気にしないようにした。

「私の望みではない。お前だろう？」

「え？」

「以前、逢引のように、共に町歩きをしたいと言っていたではないか。――なんだ、その顔は。私とて、お前の要望を汲まぬわけではない」

あっけにとられた間抜け面を披露する天祐の手を、碧玉は強めに揺さぶった。

「兄上……」

天祐の顔が真っ赤になった。碧玉はそんな天祐の様子を不思議に思う。

「お前、普段は遠慮がないだろう。なんだ、その態度は。乙女か？」

閨《ねや》でのあれこれのほうが、よっぽど恥ずかしいだろうに。

「感動したんです！　以前、俺が話したことを覚えていてくださったなんて！」

「それほど物覚えが悪くはない」

たったこれだけで天祐が大げさに喜ぶものだから、碧玉は機嫌をわずかに損ねた。天祐は碧玉をどれほど冷たい人間だと思っているのだろうか。

むっとしたが、この程度ですねるのも大人げがないと思い直す。碧玉は気をそらすために、飴をちろりとなめる。米飴のほんのりと甘い味がした。

「失敗しました」

「ん？」

よく分からないことを言うので、碧玉は天祐のほうを再び見る。天祐はさらに顔を赤くして、目元を右手で覆って天をあおいでいた。

「そちらの飴の味は好みではなかったのか？」

失敗という単語から、飴への感想だと思った碧玉は、天祐の手にある飴を眺める。素材になっている米飴は、碧玉が食べているものと同じに見えたので、何か違うのかと不思議だ。

「いいえ、そうではなく……。銀嶺、飴は宿に戻ってから食べましょう」

「……？　分かった」

碧玉はけげんに思いながら、飴を口元から離す。

往来で立ち食いなど、子どものようでみっともないと言いたいのだろうか。それとも、白家の宗主としての威厳を気にしているのだろうか。飴を食べながら歩く程度、羽目を外すとも呼べない児戯《じぎ》に等しいものだから、特に問題はないはずだが。

「きゃあっ」

その時、碧玉の背に女が勢いよくぶつかり、悲鳴を上げた。衝撃で、碧玉の手から飴が落ちる。

「あ」

あっという間に土にまみれた飴を横目に、碧玉は前へとよろける。

（悲鳴を上げるべきは、こちらのほうではないか？）

往来で無様に転ぶのを予想したが、天祐がさっと碧玉を抱き寄せて支えて阻止する。そのまま、碧玉は天祐の背後に隠された。

「なんの真似だ？」

天祐は剣呑《けんのん》な声で、地面にへたりこんでいる女に問う。

「ご、ごめんなさい……。急いでいたので、前をよく見ていなくて……」

衣の裾は土に汚れ、ひどくぶつけたのか膝に血をにじませている。女は青ざめた顔で謝り、よろよろと立ち上がった。

騒ぎになると面倒だから黙っているが、普段の碧玉なら文句の一つくらい言っていただろう。

それよりも今は、女の容姿が気になった。どう見ても庶民だが、白家の遠い血を引いているのか、粗末な木のかんざしでまとめた髪は銀色だ。そして、青灰の目をしている。

白領ならば銀髪の者はごろごろしているが、女の髪はとりわけ美しいものだ。

女のほうも碧玉を見て、息をのんだ。

「まあ、なんて美しい御髪でしょう！　こんなに綺麗な銀髪の方に会ったのは初めてです」

まるで幼子《おさなご》が道端の花を褒めるような、無邪気な賛辞だ。下心もなく褒められては、碧玉も悪い気はしない。それは天祐も同じだった。

「ええ、美しいでしょう。そうでしょうとも」

「何故、お前のほうが誇らしげにする？」

天祐のほうが胸を張るのはおかしいと思う。

「あの……私は刺繍師をしている明明《めいめい》と申します。仕事柄、隠されていてもご立派な身なりをしているのは分かります。もしや白家の縁者の方ではございませんか？」

彼女の言う通り、色合いこそ地味におさえて灰や茶系統を使っているものの、碧玉達は絹の衣服をまとっている。布や糸を扱う生業ならば、質の良さを見抜くのは道理だ。

天祐は女を警戒して、剣の柄《つか》に手を添えた。そんな天祐の後ろから、碧玉は堂々と問う。

「それを聞いて、お前は何か望みでも？」

「お役人様ですか？」

女が必死な様子を見せるので、天祐はけげんそうに眉を寄せる。

「似たようなものだな」

女の顔がぱあっと明るく輝いたかと思うと、その場に額《ぬか》づいた。

「お願いいたします、お役人様！　私を助けてください！　このままでは仕事が続けられなくなってしまうのですっ」

こんな往来のど真ん中で、女は大きな声で泣き始める。

「ちっ、面倒だな。この女、涙と情を使うべき時を心得ているようだ」

「銀嶺、それだけお困りなんですよ……」

女の身も世もない泣きっぷりに、碧玉のひねくれた物言いをするも、同情した天祐が口添えする始末だ。

「目立つのは悪手だな」

「しかたがありませんね、宿に連れて帰りましょう。散策は明日にでも」

天祐はものすごく残念そうにため息をついた。

「主君、どうかなさいましたか！」

「曲者ですか？」

この騒ぎを聞きつけたのか、どこからともなく灰炎や家臣が駆けつけてくる。

天祐は眉を吊り上げた。

「お前達、絶対についてくるなと言っただろう！」

「違います、宗主。私はたまたま、そこで串焼きを食べていただけですよ！」

「私はあちらの玩具屋にいました」

自己申告した通り、肉好きの灰炎はここぞとばかりに猪肉の串焼きを両手に持っているし、口の端にはタレをつけている。もう一人は幼子《おさなご》向けの玩具を持っていた。

遠くから様子を見ている者の中にも、自由時間のはずの家臣がまぎれているのを見てとって、碧玉は面倒くさくなった。

「もうよい。貴様ら、そんなに働きたいのなら、その女を連れてついてこい。困り事があるそうだ。お優しい宗主様なら、話を聞いてくださるだろうよ」

もちろん、皮肉である。

碧玉とて、せっかく自分から散策に誘ったという好意をふいにされては腹が立つ。

「ぎ、銀嶺！　彼女のことは、後回しでもいいんですよ」

天祐はそう言うが、根が善人なので、泣いている女にすっかり気持ちが傾いているのが、碧玉には手に取るように分かる。

「興が冷めた。戻る」

「銀嶺、待ってください！」

すたすたと先に歩き出す碧玉を、天祐は早足に追いかけてきた。

通りから十分ほど歩いた一角に、白家がまるごと借り上げた宿がある。二階建てで庭や厩舎があり、金持ちの邸宅のような雰囲気があった。

宿に入ってすぐの一階には食堂があるが、今は家臣や使用人が雑談に興じている。さらに奥に行くと、庭に面した静かな場所に、客用の応接室があった。

碧玉はすたすたと応接室に入り、身分が高い者が座る椅子に、そのまま座った。灰炎以外の使用人は追い払い、明明は立たせたままにして、じろりと見やる。

碧玉はすっかり不機嫌になっているが、それとは別に、民の訴えは聞くべきだと心得ていた。

「それで、明明とやら、お前は何を困っている？」

天祐は椅子には座らず碧玉の傍に立ち、碧玉に耳打ちをする。

「銀嶺、こちらは私に任せてください」

「私を蚊帳《かや》の外に追いやる気か？　いい度胸だな」

「そうではありませんよ。兄上が怒っているから、彼女が怯えているのがお分かりにならないんですか」

天祐が明明をかばうのが、また腹立たしい。碧玉はさらに視線に冷たさを帯び、明明は蛇ににらまれた蛙のように縮こまる。そんな緊迫感のある場をゆるませたのは、灰炎だ。お茶と菓子を運んできて、碧玉の傍らにある小さな卓に並べる。

「まあまあ、主君。お茶でも飲んで、ゆっくりなさってください」

「……ふん」

碧玉はいかにも不満げに鼻を鳴らしたが、灰炎が持ってきた菓子が好物の干菓子《ひがし》だったので、少しだけ機嫌を回復させる。つまめるほどの大きさで、蓮の花を模しているのが美しい。濃い目に淹れられた渋い茶とよく合った。

茶を一口飲み、菓子を味わった碧玉は、その繊細な味わいに驚いた。てっきり町で適当に買った品だと思ったのに、予想が外れたのだ。

「灰炎、この菓子は上物ではないか。屋敷から持ってきたのか？」

「いえいえ、帰り道のおやつにどうぞと、黒家の若様からいただいたんですよ。主君の好みをよくご存知ですな」

碧玉の機嫌はすっかり良くなったが、黒家の若様と聞いた天祐のほうは、逆に眉をひそめた。

「……そうですか、紫曜殿が」

「ほら、天祐。お前も食べるがよい」

黒い笑みを浮かべる天祐には気づかず、碧玉は干菓子《ひがし》を一つつまんで、天祐の口元に持っていく。期せずして「あーん」をされることになった天祐も、あっさりと機嫌を直す。

「おいしいですね！」

「そうだろう？　菓子にはよい茶を選ばねば。灰炎、お前の目利きは素晴らしいな」

「かたじけのうございます」

場を整えた灰炎は、立ちっぱなしのまま所在なさげにしている明明のほうを見た。碧玉と天祐のやりとりに面食らっているようで、気まずそうに首をすくめている。

「あ、あのう、無礼な質問かもしれませんが、どうかお許しください。先ほどの往来で、宗主様と聞こえたような気がするのですが……こちらの方々は白家のお役人様なのですよね？」

明明は灰炎へと助けを求める視線を向けた。灰炎は不可解そうに首を傾げる。

「役人？　いえ、こちらの白天祐様は、白家の現宗主であられますよ」

「……えっ」

灰炎が天祐を示すので、明明は目を丸くする。

「え、えっと、そちらの方が宗主様なんですか？　ええと、座っている方では……？」

聞き間違えただろうかと不安そうにして、明明は確認する。明明が混乱するのは理解できる。こういう場では、普通は最も身分の高い者が椅子に座るのだ。

「気にするな。俺は立っているのが好きなだけだ。こちらは俺の遠縁で、食客《しょっかく》の雲銀嶺《ぎんれい》だ」

「しょ、食客《しょっかく》……？」

明明はますます意味が分からないという様子を見せた。

食客《しょっかく》は、家で客分として抱えられている人のことで、使用人や家臣よりは身分が高いが、主人よりは劣る。堂々と椅子に座っていい立場ではない。

碧玉は面倒になって、灰炎を一瞥した。主人の意向を読み取った灰炎は、笑顔を浮かべて強引に話を進める。

「明明さん、どうかお構いなく。ご事情をお聞かせください」

「は、はいっ」

明明は困惑を横に置き、恐る恐る話し始めた。

明明の話によると、彼女は寒村出身で、十歳の頃、父が作った借金の形として、町の商人に売られたそうだ。

明明の銀髪は美しく、青灰の目も珍しい。だが、顔立ちは平凡どころか、地味だった。鼻の辺りに散ったそばかすは愛嬌があるが、垂れ目が過ぎて、動物に例えるなら狸に似ている。骨太で丈夫そうなところは、農村ならば働き手として嫁にと喜ばれるだろうが、容姿を重視する妓女や娼妓《しょうぎ》には向いていない。歌や楽器も下手だったから余計にだ。

そこで商人は明明をできるだけ高く売るために、彼女の特技に目をつけた。明明は幼い頃から裁縫の才があった。それで、織物屋に買われ、刺繍師として育てられることになったのである。

「私にとっては、最高の居場所です。刺繍師は天職だとすぐに分かりました。女将さんは仕事には厳しいですが、織と刺繍の技術は素晴らしくて、心から尊敬しています。あの方に少しでも近づきたくて、毎日必死に頑張りました。お陰で、そろそろ一人前になれると言われていて、とても嬉しかった。――それなのに」

明明の目に涙が浮かぶ。

「私は今度、織物屋の得意先である、銀髪好きな商人の男に売られる形で、正室として嫁ぐことになりました」

明明はひどく落ちこんだ様子で、爪先を見つめる。

碧玉はわずかに首を傾げた。どうして明明がそんなに暗い顔をするのか、不思議でならない。

「よかったではないか。女郎屋に売られずに済んだ上、商人の正室に迎えられるのだろう？　お前のような立場の者ならば、玉の輿だ」

「全く良くありません！　あんな非道な男に嫁いだら、私、刺繍ができなくなってしまいます！」

明明は言い返し、再びわっと泣き出した。

何かと身の不幸を嘆いて泣く女を眺め、碧玉は憐れに思うどころか、面倒くさいと舌打ちした。

「その商人の名はなんというんです？」

灰炎が問うと、明明は鼻をすすりながら答える。

「高舟《こうしゅう》さんです」

「高舟？　どこかで聞いた名だな」

碧玉は顎に手をやり、記憶をさらう。昔、書類でその名を見たような覚えがある。すると、灰炎が口を挟んだ。

「その男は、以前……先々代がご存命の折に、白家に顔を出したことがございますよ。それで聞き覚えがあるのでしょう」

「おかしい。白家に出入りしていた商人ならば、はっきりと覚えているはずだ。本当にそうか？」

どうにも納得がいかず、碧玉は灰炎に確認する。碧玉は金の流れはしっかりと把握するようにしている。記憶の隅に名前が残っていたのもそのせいだ。

「ええ、そうです。高舟を白家で見かけたのは二度だけです。銀嶺様ご自身は、一度はお会いされているはずです。ですがその後、奥様のご不興を買ったようで遠ざけられました。私は護衛のために把握しています」

てきぱきと説明するわりに、灰炎の答えはどこか歯切れが悪い。碧玉の実母である緑翠花が関わっているからだろうか。

「高舟という商人は、そんなに質の悪い品を扱っているのか？」

「人となりの問題ですよ」

ますます理解できない。碧玉が母から知らされておらず、側近は知っているとはどういうことなのか。

(高舟は銀髪好きというから、その辺りか？)

父や碧玉に対して、ぶしつけな視線でも寄越していたのだろうか。翠花は無礼者には手厳しいので、何か癪に障ったのかもしれない。適当に当たりをつけて納得し、碧玉は天祐を一瞥する。

「天祐」

「はい。誰か、使いを頼めるか」

天祐が配下を呼び、舟について調べるように命じた。配下はすぐに仕事に向かった。

碧玉は手すりに頬杖をついて、明明に質問する。

「それで、明明。その男の非道とはなんだ？」

「高舟様にはすでに四人の妻がいて、どの方もお亡くなりになっています」

「どれも銀髪か？」

碧玉が揶揄《やゆ》する口調で確認すると、明明はこくんと頷いた。

「病死や事故死といわれていますが、あの方には嗜虐《しぎゃく》趣味がおありで、妻は全て、いじめ殺したと噂になっています」

「なるほど。それで、死にたくないから助けてほしいのか？」

玉の輿だと意気揚々と嫁いでいったら、実は夫やその家族が暴力的であったというのは、世間ではよくある悲劇的な話だ。明明はそれが嫌で助けてほしいのだろう。理不尽に死ぬのは、誰だってお断りだ。

「いいえ！」

「……いいえ？」

おざなりに話を聞いていた碧玉は、明明の返事が予想外過ぎて、手すりから落ちそうになった。

「私は死ぬことは怖くありません！　一番恐ろしいのは、刺繍ができなくなることです！　刺繍師として大成すべく、これまで精進して参りました。私を買い取った織物屋の主人に売買権があるからって、あんな男に嫁がせるなんてひどいとは思いませんか？　刺繍ができなくなるんですよ！」

明明は叫ぶように言って、三度目の大泣きを始める。

場の空気は微妙なものになっていた。

碧玉は天祐と視線をかわす。

――とんだ刺繍馬鹿に、助けを求められたものだ。

明明がそれほど自負する刺繍の腕が気になったので、碧玉は天祐や灰炎と共に、明明が働く商家に足を運んだ。

「明明、いったいどこをほっつき歩いていたんだい！　高家の旦那様がお見えだったのに、逃げ出して。しつけてやらなきゃ分からないのかい？」

織物屋の女将は、顔を真っ赤にして怒っており、明明を見つけるなり首ねっこを掴まえようとした。

「無礼者、白家の宗主様の御前だぞ。下がらぬか」

灰炎が明明の前に出て、女将を威圧する。

そこでようやく、女将は明明が身なりのいい客を連れているのに気づいたらしく、あっという間に顔色が青くなった。その場に平伏する。

「ひっ。申し訳ございませんでした！　白家の宗主様が、このような粗末な店に、いったいなんのご用で……」

「こちらのお嬢さんの客として、じきじきに足を運ばれたのだ。彼女の作品を出しなさい」

「は、はい、ただちに準備いたします！　まずは応接室へどうぞ！」

女将は慌てて店に入り、夫や使用人を呼んで、接待の場を整える。うろたえていても商売人だけあって、采配は見事だ。

応接室でしばらく待っていると、明明が作品を運んできた。衣桁《いこう》にかけられたのは、一枚の真っ白な羽織だ。白い糸と銀糸で、雪山と白梅を刺繍している。絵画的にも美しい品だ。

碧玉はその刺繍作品の美に圧倒されて、しばらく羽織に目を奪われた。ふうとため息がこぼれる。

「女将、そなた、正気なのか。これほどの腕を持つ刺繍師を手放すつもりとは……。店に置いていたほうが、将来的に繁盛するだろうに」

「明明の腕を見越した上で、代金をいただけるのです」

女将は気まずげに答える。その横顔に苦悩がにじんでいるので、どうやら大金に釣られただけではなさそうだ。

碧玉は深く踏みこんで指摘する。

「他にも問題があるようだな」

「……実は高さんは当店では特に懇意にしている商人でして、断ったら……その……」

「商売ができなくなるように、邪魔をするとでも脅したとか？」

天祐がその先を引き取って問うと、女将はがっくりと肩を落とす。彼女の夫が、女将の肩を支えた。

「女将、いったいいくらで明明を売るつもりなんです？」

天祐の問いに、女将はぼそぼそと答える。天祐は大きく頷いた。

「二倍」

「え？」

「その二倍の金額を払うので、明明を白家に売ってください。我が家の専属刺繍師として雇いたい。彼女の腕は、妻に暴力を振るうようなクズ野郎に、食い物にされていいようなものではない」

クズ野郎という単語に怨念すらこめて、天祐は静かに言った。碧玉には、天祐は激怒一歩手前というところに見えた。

「もちろん、宗主様のご用命ですから、こちらとしてはお引き受けしたい気持ちはございます。ですが、すでにお約束が……」

女将は困り果てて、青ざめている。平民からすれば、領主と得意先の商人とでは、比べるべくもない。平穏を選ぶなら、領主だ。それでも即答できないのは、商売の約束を守ることが、金銭を得るよりも大事だからである。信用をなくした商家は、あっという間に落ちぶれるものだ。

「ふむ、お前の悩みはよく理解できるものだな」

碧玉は口を挟み、鷹揚《おうよう》にふるまった。

「銀嶺……？」

嫌な予感がすると言いたげに、天祐が口端を引きつらせて碧玉を凝視する。碧玉は天祐を無視して、提案する。

「では、こうしよう。高舟のほうから断るように、こちらで仕向ける。その上で、二倍で買い取るならば、お前達の不利益にはなるまい」

「そんなことができるのでしたら、こちらに否やはございませんが……」

「問題ない。しかし、お前達には、明明の引き渡し期限を引き延ばすくらいは協力してもらう。そうだな、一週間だ」

「一週間でよろしいんですか？　それくらいなら、なんとかできるかと。明明に病気になったふりをしてもらいます」

「皮膚に炎症が出るものだと、分かりやすくてよいかもしれぬな。化粧でそれらしく見えるように誤魔化しておけ」

炎症と聞いた明明の顔に怯えが浮かんだので、碧玉は念のために付け足した。優しさではなく、明明が騒ぎ出すと面倒くさいという理由だ。

「どうだ？　女将」

女将は天祐をうかがった。天祐が頷くと、女将は了承した。

「分かりました。上手くいきました暁には、明明を白家にお譲りいたします」

「契約成立だな」

碧玉は満足げにつぶやき、にやりと笑う。

「では、さっそく準備を始めるとしよう。白宗主、宿に戻りましょうか」

「は、はい」

突然、敬語で話しかけられた天祐はたじろいで返事をした。


宿に戻ると、碧玉はさっそく灰炎に化粧品の手配や契約書の作成を任せた。

それから天祐の侍女である青鈴を呼び、用事を言いつける。青鈴はその内容を聞くや、面食らった様子で数秒立ちすくんだが、すぐに準備に向かった。

そして夕方には、碧玉は自分の部屋で、それを試着していた。

「どうだ、天祐。体格的に、女に見えるだろうか？」

「あ、兄上はいつから姉上に……？」

碧玉に呼ばれて顔を出した天祐は、瞠目《どうもく》している。

「ふむ。身内の欲目か、年長者へのお世辞か。どちらもか？」

淡い水色と白の襦裙《じゅくん》に、灰色の羽織を合わせた――簡単に言えば女装をした碧玉は、丸い扇子で口元を隠して首を傾げてみた。

着付けをした青鈴は、碧玉の流し目を間近で食らって赤面して応える。

「お話しになるとさすがに男と分かりますが……。背が高く、肩がしっかりした女子《おなご》もおりますので、誤魔化せるかと思います」

「なっ、なんでそんな格好を？　化粧までして！」

ようやく我に返った天祐は、碧玉に詰め寄る。

「お前、明明という職人が欲しいのだろう？」

「え？　ええ、そうですが」

「だからだ」

「はあ？」

天祐は何度も瞬きをして、それでも意味が分からず、青鈴に助けを求める。

「青鈴……」

「天祐様、高舟という方は、銀髪の女性がお好きだそうですね」

「それと兄上が女装するのは、どういったつながりが？」

碧玉はふんと鼻を鳴らす。

「察しの悪い奴だな。銀髪だけを見るなら、私の髪に敵う者はそうそういまい。高舟に、明明を嫁にするよりも私を手に入れたいと思わせて、あちらから破談にさせればよい」

「そいつを誘惑しようっていうんですか？」

「私では無理か？」

碧玉が自信なさげに問うと、天祐は首を横に強く振った。

「いいえ！　そんなことはありません！　――あっ」

失敗に気づいて、天祐は自身の口を左手で覆う。

「なるほど。天祐が合格と太鼓判を押すなら、家臣にも意見を聞いてみるか」

「い、いえ、兄上。俺はそういうつもりじゃ」

「無理か？」

「む、無理じゃないですけどっ。そんな格好の兄上を周りに見せるなんて嫌ですっ」

必死に止めようとする天祐の態度を見て、碧玉は勝利を確信した。

「お前がそこまで嫌がるとは。完璧な出来のようだ。よし、これでいこう」

「うわあああ。なんで俺の口は嘘をつけないんだっ」

碧玉の決意に、天祐は頭を抱えた。

そこへ、手配を終えた灰炎が戻ってきて、部屋の外から声をかける。

「主君、ただいま戻りました。入ってもよろしいですか」

「ああ」

「灰炎殿、兄上を止めてくださいっ」

「うわっ。どうしたんですか、宗主様」

入室した途端、天祐にすがりつかれ、灰炎は目を丸くする。そして状況を把握するや、驚くよりもけげんそうに眉を寄せた。

「主君は賢いお方なのに、どうしてたまにお考えがぶっ飛んでるんですか？　女装なんて、いつものあなたならば嫌がりそうですのに。いったいどうされたんです？」

さすがに長年の側近の目には、この姿は奇妙に映るのだろうか。碧玉は灰炎に確認する。

「天祐や青鈴は似合うと答えたが……。お前から見ると、似合わぬか？」

「似合い過ぎですね。傾国の美姫のようです」

「お前もそう言うなら、問題なしだな」

「問題はあるのでは……？」

ちらっと天祐を見て、灰炎は気の毒そうに首を横に振った。天祐は先ほどから、悩ましげな様子で室内を行ったり来たりしている。

「私は世間的には死んだ身ゆえ、評判などどうでもよいからな。宗主の時ならば、頼まれても女装などせぬわ」

「思い切りが良過ぎですよ。そんなに明明が欲しいなら、白家として高舟に圧力をかければ、一発で解決するでしょうに」

「それでは差し障りがあるから、こうしているのではないか」

肩に垂れている髪を、碧玉は鬱陶しく思って指先で払う。どういうことかと灰炎が目で問うので、丁寧に説明してやった。

「白家の宗主が、嫁入りの邪魔をしてまで銀髪の娘を欲しがった。そんな噂が立ってみろ。天祐の嫁にするなら銀髪の女が狙い目だと勘違いした輩《やから》が、天祐に縁談を山のように持ちこむだろうよ」

天祐が顔を赤くしたのを見て、灰炎は生ぬるい笑みを浮かべる。

「はあ。そういう理由で。宗主様は主君を説得しきれなかったと。……宗主様は相変わらず、主君にはべたべたと甘いようで」

「うるさいぞ、灰炎殿！」

灰炎が茶化すので、天祐はすぐに言い返す。図星を突かれて怒っているというより、照れが大半を占めて真っ赤になっているので怖くはない。

「私としては、予想通りに嫁が来てもよいのだが……。お前とて、白家に銀髪の娘の死体が山になるのは見たくなかろう？」

碧玉は薄ら寒い微笑みを浮かべた。灰炎と青鈴は本気の冷酷さを感じ取って青ざめるが、天祐の顔はますます赤くなる。

「うう。兄上の嫉妬を目にするだけで、幸せでぶっ倒れそうです」

「宗主様もたいがいですよねえ」

灰炎の失礼なつぶやきを、青鈴は賢明にも黙したままやり過ごした。碧玉はふっと口端を上げて笑う。

「私の見てくれは美しいから、こういう時は活用せねばな」

「それで他の男を誘惑するのは、俺としては複雑極まりないんですが……」

「しつこいぞ、天祐。遠くからおびき寄せるだけだ。人間というのは、手に届きそうで届かぬもののほうが欲しくなるものだからな」

悪い顔をして、碧玉は持論を展開する。天祐は深いため息をついた。

「はあ。分かりましたけど、護衛はつけますからね！」

「分かっておらぬな、天祐。品のある女は、一人で出歩く真似はしないものだ」

高貴な身分の女に扮するほうが、高嶺《たかね》の花を演出するのに都合が良い。

「崔師父と青鈴を連れていこう。どうだ？」

「師父が一緒ならば安心ですね。でも、俺も近くで見張りますから」

天祐が念押しするので、碧玉は頷いた。

「よし。それでは、決行は明日としよう」


翌日、念入りに女装した碧玉は、白蓮と青鈴を連れて、宿を馬車で出発した。舟が明明に会いに来る時間に合わせ、織物屋で客として居合わせ、偶然を装って近づく予定だ。

「昼間の日差しの下で見ても違和感がないなんて、銀嶺殿の扮装は素晴らしいものですね。狐を愛《め》でている美女にしか見えませんよ」

向かいに座っている白蓮は、膝に白狐を乗せている碧玉をしげしげと眺め、感想を口にした。碧玉はそうだろうと頷く。

「青鈴の飾りつけの腕がよいのだ。お前を天祐の侍女にしたのはたまたまだが、洗濯女にしておかなくてよかった。家事の腕といい、優秀だ」

「もったいないお言葉にございます。侍女長の教えあってのことですわ」

滅多と他人を褒めない碧玉が珍しく素直に称賛したので、青鈴は真っ赤になってうつむいた。控えめに受け答えをして、上司を立てるのも忘れない。青鈴のそんな奥ゆかしさも、碧玉は気に入っている。

「そういえば、呼び名が男名の銀嶺ではまずいな。追加で偽名を考えねば。ふむ。雪つながりで、暁雪《ぎょうせつ》はどうだ？」

暁雪とは、明け方の雪のことだ。昼には溶けて消えてしまう辺り、そのうち消え去る予定の女役としてちょうどいい。

「風流でよい名かと」

「美しい響きです」

白蓮と青鈴が絶賛すると、碧玉の膝で、白狐が起き上がる。

「いろんな名があって、ずるいです！　主様《あるじ》、わたくしにも名をください！」

「そういえば、この狐にはまだ名はありませんでしたか。妖怪と主従契約をしたのなら、名をつけて完成ですよ。今後の安全のためには、つけたほうがよろしいかと」

道士として格が高い白蓮の忠告に、碧玉は頷く。

「すっかり忘れていた。この狐がうるさいから、あまり関わりたくなくてな」

「ひどいですっ。あれからわたくしを灰炎様に放りっぱなしですし」

「何がひどい。お前が灰炎や家臣どもにかわいがられ、おやつで腹をふくらませて幸せそうに寝ているのを見かけたが？」

「うっ。だって、皆さん、木の実や豆をたくさんくださるんですもの……。おいしいからいけないんですぅ〜」

やはりこの狐には、食べ物につられて悪党にさらわれないようにと言い含めておかねばならないようだ。幼子《おさなご》でも分かる道理を、仙狐《せんこ》が知らないのは頭痛がする。

どうして妖怪の教育について悩まねばならないのかと、碧玉はうんざりした。

「しつけは灰炎に任せるとして」

今は名付けに集中しようと、碧玉は白狐を眺める。適当な名を考えた。

「お前の毛は白く、雪のようだ。雪瑛《せつえい》でどうだ？　雪のように美しい、透明な硝子玉という意味だ。私の名である碧玉とそろいでぴったりだろう」

「雪瑛！　わあっ、綺麗な名をありがとうございます！」

白狐――改め雪瑛は喜んで礼を言う。その一瞬後、雪瑛の字が光となって浮かび上がり、雪瑛の額に溶けて消えた。

「契約完了ですな」

白蓮が満足げにつぶやく。青鈴は雪瑛に微笑みかけた。

「よかったわね、雪瑛ちゃん」

「ありがとうございます、青鈴様」

雪瑛は大きく跳びはね、青鈴の胸元に抱きついた。青鈴は困った顔をして受け止めたものの、雪瑛の毛を優しくなでる。こんな調子で、あちらこちらに愛想をばらまいて、人気を獲得しているわけだ。

「雪瑛、お前、作戦の間は大人しくしておくのだぞ」

「はい！　頑張ります！」

「いや。お前が頑張ると、余計に面倒なことになりそうだ。できるだけ短く受け答えをするくらいでよい」

雪瑛を連れてきたのは、碧玉に代わり、女性の声色を使わせるためだ。碧玉の見てくれはともかく、この低い声を女と言い張るのは難しい。

「はい！」

「本当に大丈夫なのか……？」

雪瑛が元気のいい返事をすると、碧玉はかえって不安にさせられる。白蓮と青鈴は笑顔で黙したまま、賢明な者らしく明言を避けた。

◆

織物屋の人々は言葉を失って、突然現れた美女を見つめた。

その美女の正体が、昨日、白宗主の傍らにいた仮面の男が女装した姿だと知るや、動揺してざわつく。

「えっ、こちらの方が、お、男!?」

「白昼夢かと思いました」

碧玉は満足した。驚く様子は演技に見えないので、上手く女に化けられているようだ。天祐や家臣に身内のひいき目があるので、ほんの少しだけ不安だったのだ。

「客としてここにいて、高舟の関心をこちらに向けさせるつもりだ」

碧玉がそう話すと、織物屋の人々はぽかんと口を開ける。

「本当に男だ……」

「すごい……」

彼らが呆けていて頼りにならないので、碧玉は怒りをこめて問う。

「お前達、協力する気はあるのか?」

「は、はい! もちろんでございます!」

「それでは、上客としておもてなしさせていただきます」

織物屋の女将と旦那はそろって答え、昨日と同じ部屋に碧玉を案内した。この店では、ここが貴賓用の応接間らしい。

「高舟をこちらに案内しないのか？」

「お客様のお話によれば、身分が上のお嬢様を演じられるそうですから。高様よりも良いお部屋に案内すべきでしょう」

「そうだな」

女将の説明を聞いて、碧玉は納得した。格下と思われては、高嶺《たかね》の花作戦が意味をなさない。

「私の呼び名は暁雪だ。白家の遠縁とでも言っておけ。舟に聞かれたら、詳しくは知らないと白を切ればよい」

「畏まりました」

あとは応接用の椅子に座って、優雅に茶をたしなんで、舟の訪問に合わせて帰ればいいだけだ。

しばらく待つと、店の表のほうが騒がしくなった。

碧玉は耳を澄ます。

男が「何故、明明に会えないのか」と声を大きくして怒っているのが聞こえる。織物屋の使用人がやって来て、無言でお辞儀をした。客が舟だという合図だ。

「作戦決行といこう」

碧玉は雪瑛を抱え、すっと立ち上がる。

白蓮は護衛らしく前に出て、青鈴は碧玉の傍らに控えた。戸口に近づくと、舟と女将の会話がはっきりと聞こえてくる。いったん立ち止まり、様子をうかがう。

「明明が皮膚の病気になっただと？　昨日は腹痛だったではないか」

「ええ。昨日、医者にもらった薬が合わなかったようで、発疹が出たのです。嫁入り前に醜い姿をさらしたくないと、明明が泣いて頼むものですから……どうか女心をお察しください」

女将は口が達者なようだ。弱った声を出して、明明のいじらしさを訴える。しかし、舟は不審そうに返す。

「そんなことを言って、今更、あの金額では足りぬと言い出すのではあるまいな。一月《ひとつき》後の嫁入りに間に合うのか？」

「そのようなことは言いません。嫁入りにも間に合うように、治療に専念させています」

「ならばよいが……。どうして吉日がこんなに先なのか。待ち遠しいことだ」

舟には妻殺しの疑惑があるものの、一応は手順を守って、花嫁の面目を立てるらしい。強引な場合、嫁入りが決まって三日後には嫁いでいるなんてことは、ざらだ。

碧玉は青鈴と白蓮に向けて頷き、応接間を出る。

「まあ、暁雪様。お帰りですか？　あの仕立てはいかがでしたか」

女将は明るい声を上げ、舟を放って、碧玉のほうへ来た。碧玉はこくりと頷く。

青鈴がすっと前に出て、侍女らしく女将に主人の代弁をする。

「お嬢様は、あの羽織がお気に召したそうです。しかし、今日は用事を思い出したので、明日またこちらにお越しになりたいと仰せです」

「ええ、いつでもいらしてくださいませ。あちらに似たものも、改めてご用意しておきますので」

ひらひらした袖で口元を隠し、碧玉は目元だけでつややかに微笑む。至近距離で笑顔を向けられた女将は、演技ではなく顔を赤く染めた。遠巻きに様子見をしていた舟も、頬を染めて夢見心地になっている。

「お話のお邪魔をしてごめんなさい」

雪瑛がしおらしげな声を出す。それに合わせ、碧玉はいかにもたった今、舟に気づいたというふりをして、舟に会釈をした。

「いいえ、滅相もございません……」

舟は丁寧に返す。

碧玉はにこりと微笑を向けると、しずしずと歩き去った。

「天女だ……」

後ろから、舟がぽつりとつぶやくのが聞こえた。

再び乗りこんだ馬車が動き出すなり、白蓮が噴き出した。

「天女と言ってましたよ、あの男。あっさり引っかかり過ぎでは？」

「まあ、崔様。あの方は幸運にも、ご主人様の微笑をいただいたのですから、あの態度で当然ですわ」

青鈴が白蓮の態度に不満をあらわにすると、雪瑛は青鈴に同調して褒めた。

「主様《あるじ》、九尾のあの方より、傾国みたいでしたよ！」

「ふ。上手くいきそうだな」

碧玉はにやりと笑う。

「その笑い方だと、悪女みたいで怖いです」

「うるさいぞ、雪瑛」

碧玉が文句を言うと、雪瑛は口を閉じて身を丸くした。

そのまま宿に戻り、玄関の扉を開けたところで、待ち構えていた天祐が碧玉を抱きしめる。いきなりのことだったので、さしもの碧玉も驚いた。

「兄上！　あんな美しい笑みを、あの男に向けるなんて！　ひど過ぎます！」

「お前は私の作戦を聞いていなかったのか？」

碧玉は冷静さを取り戻すと、周りの目を気にして天祐を引きはがそうとしたが、天祐はぎゅうぎゅうにしがみついてくる。こうなると、何をしても無駄だというのは、すでに知っている。

「俺は反対しました！」

「そうだったな。しかし、いったいどこから見ていた？　あの場にはいなかっただろう」

「俺が式神と魂繋《たまつな》ぎできることを、よくご存知でしょう？」

碧玉に、天祐は質問で返す。碧玉は頭痛を覚えた。

「お前は、あんな危険な術を外で使ったのか？」

魂繋《たまつな》ぎは、自分の魂の欠片を式神に預けることで、式神の五感と同調する術だ。つながりが中途半端に切れると魂が迷子になる可能性もあり、集中力が必要だ。

碧玉は、魂繋《たまつな》ぎの術を使えない。難しい術だという理由より、術を使う前提として、式神に魂の一部を預けなければならず、それがおぞましくてできなかった。

「俺は普通にできますし、危険なら手を離せばいいだけです」

「……はあ」

――これだから、天才というのは腹が立つ。

碧玉は天祐に対して劣等感を覚え、胸がもやっとした。天祐に才があることを知っていても、碧玉にも道術への自負がある。どうしても複雑な心境にさせられるのだ。

「――くしゅんっ」

皮肉でも言ってやろうかと思ったのに、出たのは言葉ではなく、小さなくしゃみだった。

「えっ、寒いんですか？　大丈夫ですか？」

途端に天祐は抱擁を解く。碧玉は鼻までを袖で覆う。

「鼻がむずむずしただけだ」

「ちょっと失礼」

天祐が碧玉の額に手を伸ばし、熱を測る。

「兄上、熱がありますよ！　道理で昨日から、様子がおかしいわけです。普段のあなたなら、まず女装するなんて言い出しませんからね！」

「こんなに近くで大声を出すな。うるさい」

「すみません！」

碧玉が眉を寄せて注意すると、天祐は声を小さくして謝った。そして、碧玉を両腕に抱き上げる。

「青鈴、兄上の着替えを手伝ってくれ。崔師父、医者を呼んでください。お部屋にいらっしゃるはずです」

「ただちに」

「分かりました」

天祐は青鈴や白蓮に命令を出して、碧玉をあっという間に部屋の牀榻《しょうとう》に運んだ。碧玉が寝間着に着替え、青鈴の手で化粧を落とされると、すぐに駆けつけた医者が診察する。

「風邪ですな。九尾の件と旅の疲れが出たのでしょう。今日は食事を取ったら薬を飲んで、ゆっくり寝てください」

「私は平気だ」

「変に気分が高揚しているのは、風邪のせいです」

医者はぴしゃりと言った。

「今の碧玉様は、熱を出した幼子《おさなご》がはしゃいでいるのと似ていますよ」

「子ども扱いするな」

「孫扱いです」

「余計に悪い」

碧玉の文句など、年老いた医者にはそよ風のようなものらしい。ゆるやかに笑うだけで、ちっともこたえていない。

「まあまあ。兄上、ひどくなる前に、お休みください」

「……分かった」

天祐が心配そうに見つめるので、碧玉は渋々頷いて、牀榻《しょうとう》に横たわって体から力を抜く。そうすると、急に疲れを感じた。

医者と青鈴が退室し、牀榻《しょうとう》の傍らに椅子を置いた天祐が、傍に残る。天祐は左手の甲で、碧玉の額に触れた。だいたいにして、天祐のほうが碧玉よりも体温が高いのだが、今はひんやりしているように感じられて心地が良い。

「傍にいますので、ご安心を」

他人がいると気になって眠りが浅くなるほうなのに、天祐の穏やかな声にうながされると眠気に襲われる。気づけばすとんと眠っていた。


夜中に熱が上がって苦しんだものの、朝にはすっかり熱が下がり、碧玉は体調を取り戻した。

気分はさえているが、汗でしめった寝間着が気持ち悪い。清拭《せいしき》でもして、着替えよう。そう思い立って灰炎を呼ぼうとしたところ、天祐が部屋に入ってきた。

「兄上、まだ休んでいなくては」

「服を着替えたいから、灰炎を呼べ」

体は元気になったと感じているが、声は出にくい。夜に咳《せき》をしていたせいで、喉を痛めたらしい。

「分かりましたから、座っていてください」

天祐は過保護なことを言って、碧玉を牀榻《しょうとう》の中に戻し、灰炎を呼びに行く。いくばくもせずに、灰炎が湯を入れた桶を運んできた。

「随分早いな」

「そろそろお着替えをなさりたいだろうと思い、前もってご用意しておりました。ご体調のほうはいかがです？」

「声はこの通りだが、調子は戻った」

「だからって、無理をしてはぶり返しますよ」

「回復したから問題ない。それより、作戦の続きだ」

碧玉の返事に、灰炎はしかたがない主だなあと言いたげにため息をついた。天祐も苦笑を浮かべる。

「兄上、それなら雪瑛に任せますので、大丈夫ですよ。女装した兄上に変身して、遠くから誘惑するように言いつけております」

「……その手があったか」

碧玉はうめくようにつぶやいた。

医者の言う通り、碧玉は熱のせいでどうかしていたに違いない。最初から雪瑛に任せればよかっただろうか。しかし……と、眉間にしわを刻む。

「お前の言うことは分かるが、あの狐が私の代理をこなすのは、それはそれで屈辱だ」

天祐はすっと目をそらした。

「ま、まあ……お気持ちは分かりますが……。俺としては、兄上をさらさずに済むのでありがたいです」

碧玉も一人前の男なので、年下の天祐に公主《ひめ》のような扱いをされるのは癪だが、独占欲を向けられるのは悪くないような気がする。それ以上は抗わないことにした。

「分かった。とりあえず、あれに任せておく。昨日の様子では、高舟の興味をひくのに成功したはずだ」

「あれで何も思わないなら、妻を何人も迎える好色家《こうしょくか》とはいえませんね。俺が奴なら、すでに恋文と贈り物を届けていますよ」

天祐は軽口を叩き、碧玉のこめかみに口づけを落とす。灰炎はさっと横を見て、素知らぬ顔を作った。

「天祐、上位の娘にいきなり恋文など送っては、親の怒りを買うぞ。商人ならば、良い品があると言ってすり寄ってくるはずだ」

「兄上、真面目に答えないでくださいよ」

「……？　お前は、どんな返事を望んでいたのだ？」

二人のずれたやりとりを聞いて、灰炎が我慢できずに笑いをこぼす。

「ふっ。す、すみません、くしゃみが出そうなので失礼いたします」

急にどうしたと思いながら、碧玉は灰炎が部屋を出ていくのを見送る。天祐が何故かむすっとした顔で見送るのを横目に、碧玉はふと噂について思い出した。

「そういえば、高舟の噂は、実際のところどうだったのだ？」

牀榻《しょうとう》の端に腰かけ、天祐は残念そうに口をとがらせる。

「まったく、兄上はいつも仕事優先なんですから……。噂でしたら、真実のようです」

「そうか。嫁いじめなどありふれているが、わざわざいじめるために嫁に迎えるなど、理解に苦しむ。それにだ。そのような犯罪がまかり通っていては、我が領の風紀に響く。あの者が領の端だから役人の目が届きにくいと勘違いしているなら、目を覚まさせてやらねばな」

今回の件、天祐が明明を欲しいというから解決に乗り出したのが第一だが、そういった思惑もある。白家にとって良くないことは、排除すべきだ。単純な話、白領内で好き勝手する輩《やから》は許せないという矜持《きょうじ》である。

「俺も理解できませんし、できなくて良かったと思います。兄上、清拭《せいしき》するんでしょう？　手伝いますよ」

「これくらい、自分でできる」

「はいはい」

天祐は雑な返事をして、碧玉の寝間着の帯に手をかける。湯につけてしぼった布を、碧玉の素肌にすべらせた。

「お前、触りたいだけだろう？」

「それももちろんありますが、お世話をしたいのが一番です」

「おかしな奴だ」

身支度の手伝いは、下男の仕事だ。碧玉からすれば、天祐のすることは不可解だ。

「いつも、閨《ねや》の後始末は俺がしてるんですよ？　灰炎殿にも触らせたくありませんからね」

それを持ち出されると、碧玉でも照れる。それに、閨《ねや》でのことを思い出して、天祐の手を意識してしまう。ちょっとした緊張を余所に、天祐は碧玉の体を手早く拭くと、室内用の衣服に着替えさせた。

思わず碧玉が息を吐くと、天祐はふふっと悪戯っぽく笑う。

「もしかして期待させてしまいました？」

「お前は隙があらば、ぐいぐい来るではないか」

「病人に手出しなどしませんよ」

「ほう、そうか」

碧玉は天祐の頬に触れ、こちらに軽く引っ張った。天祐の唇に、軽い口づけをする。

「いい男だな、天祐」

「〜〜っ、兄上！　意地悪です！」

碧玉が微笑を向けると、天祐は顔を真っ赤にした。碧玉はふんと鼻で笑う。

「私をからかうからだ。さあ、着替えも終わった。私はゆっくり過ごしたいから、部屋を出ていくといい。高舟をやりこめる証拠集めは任せたぞ」

「本当に、冷たいんですから。その件は分かりましたけど、元気になったら手加減しませんからね！」

　負け惜しみの文句は言っても、天祐は碧玉を気遣って、大人しく部屋を出ていった。

　午後、二日目の作戦を終えて戻ってきた雪瑛は、碧玉がのんびり過ごしている部屋にあいさつに来た。女装をした碧玉に化けたまま、美しい彫りがされた木箱を差し出す。

「主様《あるじ》、高舟から贈り物をいただきましたよ。かんざしです」

「そうか」

「もっと褒めてくださいよぅーっ、雪瑛は頑張りました！」

「まず、その姿でぐずるのをやめろ。お前を今すぐ敷物にしたくなる」

「ひっ」

　雪瑛はすぐさま白狐の姿に戻った。木箱がカチャンと床に落ちる。それを拾い上げたのは天祐だ。中身を見て、ふうんと思惑ありげにつぶやく。

「珊瑚の飾りがついた銀製のかんざしですか。庶民にしては奮発したようですね」

「それだけ儲けがあるのだろう」

「布地や織物の商人ですが、富豪というほどではないかと。顧客は幅広いですが、特に妓楼を得意先にしています。犠牲になった妻は、たいていは関係のある妓楼や女郎屋から買い付けたようですね」

「なるほどな。道理で、嫁が四人も立て続けに死んだのに、家族が訴えないわけだ」

碧玉は納得したものの、舟のやり口を察して、不遜に鼻を鳴らす。

「そのかんざしは、妓女にばらまく餌といったところか」

「餌ですか？」

びびって床で丸くなっている雪瑛を抱き上げ、灰炎が問う。小動物を愛する男らしく、よしよしと白い毛が生えた背中をなでている。そのついでのように豆を与えれば、雪瑛は怯えていたのも忘れて、うれしそうに頬張った。

「庶民にはこの程度の品でも、滅多とない宝物だろう。金持ちで気前がいい客だと舞い上がって、高舟に気を許すというわけだ」

「物に釣られるんですね」

「そのこと自体は、悪いとは思わぬ。ああいった仕事では、贈り物は人気を示す分かりやすい指標だ。価値をあらわすのに手っ取り早い。もらったほうも、贈り物を売れば借金返済に役立つ。それに高価な品が売り買いされれば、領内の経済も潤う」

「では、何がお気に召さないのですか？」

灰炎の問いに、碧玉は不機嫌に返す。

「それでその気にさせておいて、嫁に迎えたらいじめる根性の悪さと」

「はい」

「私を妓女と同程度と見なしたことに腹が立つ」

「もしかして最後の意見が一番で？」

灰炎は今にも笑いだしそうだ。その問いを、碧玉ではなく天祐が答えた。

「当たり前ではないですか。あの美しい女人《にょにん》を前にして、安く見積もり過ぎです。馬鹿にしていますよ！」

「私が本当に貴婦人だったら、皮肉とともに突っ返してやるところだが。一週間でけりをつけねばならぬからな。愛想のいい手紙でも出しておくか」

碧玉は几《つくえ》に向かい、灰炎に手紙用の紙を用意させた。夏らしい薄黄色の半紙を選び、普段よりも丸みを帯びた字になるように意識して、さらさらと手紙をしたためる。甘い花の香りがする練り香《ねこう》を用意して紙の上に置き、紙に香りを移しておく。

「これでよし。女からの手紙に偽装できた」

「ここまでされると、あの男がほんの少しだけ気の毒ですねえ」

灰炎は本音をつぶやき、腕の中の雪瑛がこくこくと頷いて同意を示す。天祐は手紙を覗きこむが、練り香《ねこう》が邪魔で読めないのか、碧玉に問う。

「兄上、なんて書いたのですか？」

「贈り物は嬉しいですが、他の女子《おなご》にも同じ物をあげているのでしょう？　女心は安くありませんよ——という意味合いの恋歌《れんか》だ」

「え、それ、責めていませんか。それで、愛想がいい手紙なんですか？」

「恋歌《れんか》だと言っただろう。他の女を引き合いに出して、高舟に気持ちが傾き始めていると示すものだ。恋愛の駆け引きだな。ついでに、他の女がいるなら付き合う気はないという牽制でもある。今回の作戦は、明明から手を引かせるのが目的だからな」

碧玉は説明しながら、宿の者が草花を生けた花瓶を眺め、適当な花を選ぶ。手紙に添えれば、貴婦人が作る上品な手紙の完成だ。

「この程度の意味が分からぬとは。天祐、詩歌についても学ばせたはずだが？」

「うっ。俺はそういう勉強は苦手なんですよ……。仕事でのやりとりくらいはできますが」

天祐は気まずそうに、ごにょごにょとつぶやいている。碧玉は独り言みたいに返す。

「私からお前に手紙を送る気はないが、返事ならばしてもいい」

「それって、恋歌《れんか》でもですか？」

「できない約束はしない」

碧玉の答えに、天祐はぱあっと明るい表情になる。

「俺、頑張って勉強します！」

「そうするといい」

碧玉はこくりと頷いた。

「主君、飴と鞭の使い分けがお上手で……」

「手の平の上でころころされてますぅ」

一部始終を目撃した灰炎と雪瑛は、引いた様子で言った。

ふと、天祐の目が細められる。

「ちょっと待て。兄上の貴重な恋歌《れんか》を、高舟が先に受け取るのか？」

「こんな恋歌《れんか》、書物からの引用だ。なんの価値がある？」

天祐が不機嫌になると面倒なので、碧玉はいささか大げさに冷たく表現した。天祐はころっと笑顔になる。

「そうですよね！　良かった！」

「灰炎、これを誰かに言付けよ」

「はっ」

灰炎は雪瑛を床に下ろし、手紙を受け取って部屋を出ていく。

「雪瑛、お前ではぼろが出るかもしれぬ。対面での会話はできるだけ避けよ」

「主様《あるじ》、まだやらないといけないんですか？　わたくし、あの人、なんだか怖いから苦手ですぅ」

足元にすりっと身を寄せ、雪瑛は泣き言を訴える。

「私の子分になるということは、こき使われることと同義だ」

「うわあん、絶対に早まったよ、これ～」

今更、自分の選択を嘆く愚かな狐を見下ろし、碧玉はふんと鼻で笑う。

「だが、働きに見合った褒美は与える。食べたいものがあるなら、灰炎に伝えておけ」

「えっ、いいんですか。甘いお菓子が欲しいです！　わーい！」

食い意地が張っている雪瑛は、途端にうれしそうに跳びはね、退室の礼もせずに部屋を飛び出していった。

「兄上、もしかして俺のことも、雪瑛と似たような扱いをしていません？」

「お前達は分かりやすくてかわいらしい」

「褒められている気がしませんよ。それで、俺への褒美も、もちろんいただけるんですよね？」

天祐が碧玉の右手を取って、手の平に口づけを落とす。きざな仕草に、碧玉の頬が熱くなる。

「狐より欲深いな、お前は」

何かと碧玉を欲しがる天祐の態度は、碧玉にとっては、悪くないものだ。口端だけで笑って、

「もちろんだ」とささやき返した。

◆

それから二日が過ぎ、作戦五日目の午後。碧玉は一人、宿の庭にいた。木陰に石の几《つくえ》と椅子が並べてあり、そこで使用人が用意した茶と菓子を味わっている。

雪瑛と白蓮、青鈴は今日も作戦を実行中で、天祐と灰炎は舟の調査に出かけた。身分がある者でないと出入りできない場所に、証拠がありそうとのことだった。

(灰炎は何をそんなに真剣になっているのだ？)

天祐ならば、明明を助けるという目的があるから分かる。だが滅多に傍を離れない灰炎が、自分から調査に付き添いたいと言い出したのが、碧玉には不可解だ。護衛のために把握していたという、舟の人となりの件があるのだろうか。

(今のところ、順調だ。雪瑛もぼろを出しておらぬしな)

今日は近辺で有名な花畑に、舟と散策に出ると聞いている。人の目もあるし、供もいるなら、男女の健全な逢引にはちょうどいい。

碧玉の風邪もほとんど良くなり、喉の痛みも薄れてきた。医者からは一週間はゆっくり過ごすように言われているが、少し外で茶を飲む程度ならば問題ない。

（暇だな。あとで、何か仕事を持ってこさせるか）

天祐の苦手分野を補佐してやろうかと、予定を考える。椅子を立ち、部屋に戻ろうとした時、どこから女の悲鳴が聞こえた。

「きゃあああっ、誰か来て！」

碧玉は足を止める。さっと周りを見ると、近くに護衛がいた。一瞥して、様子を見に行かせる。

碧玉自身はそのまま部屋に戻ろうとしたのだが、他にも待機していた護衛が出てきて、違う通路を示す。

「声はあちらから聞こえました。近づいては危険かもしれません」

「そうか」

護衛の言うことはもっともだ。そして男の後ろについていきながら、碧玉は眉をひそめる。不審に思った通り、その護衛は人気《ひとけ》の少ない使用人用通路に向かっていた。碧玉は通路の途中で立ち止まる。

「おい、貴様。護衛ではないな」

兜《かぶと》のせいで顔がよく見えなかっただけで、見覚えがない者だ。今回の旅の同行したのは、白家内で碧玉の事情を知る精鋭のみ。末端まで覚える気のない碧玉でも、彼らの容貌は全て把握している。碧玉は体の前で腕を組み、男を見据えた。

「私になんの用だ」

先ほどの女の悲鳴も、この男の仕こみだろう。してやられた。あいにくと剣を持っていないが、懐《ふところ》に呪符を入れている。そちらを意識した。

「驚かせて申し訳ございません、暁雪様」

男が暁雪と呼んだので、碧玉は眉をひそめた。

そこでようやく男の顔をじっくりと見て、舟だと気づいてさすがに驚く。

（どうしてここに。今頃、雪瑛と散策しているはずだ）

てっきり、宿を貸し切っている金持ちがいると思った賊が、中へ入りこんだのかと思っていた。すっかり油断していた。それなら遠慮なく叩きのめせばいいだけだったのに、面倒なことになった。

（ちっ。先ほど、声を聞かれたか）

地声で性別がばれるからと、雪瑛を使っていたのが無駄になったかもしれない。それに、今の碧玉は男の装いをしているし、偽造していた胸のふくらみもない。

「暁雪様？」

舟は再び偽名を呼ぶ。まだ暁雪の正体が男だと気づいていないようだ。

「怖がらないでください。散策に行く前に、あなたにこっそりとお見せしたいものがあって、忍んでまいったのですよ。やり方がまずかったのは反省していますが……二人きりになりたかった、この恋の奴隷をお許しいただけませんか」

この場所が薄暗がりで助かったと、碧玉は胸中でため息をつく。なんとか舟を騙せおおせそうだ。

(恋に盲目になった男が、女にこっそり会いに来る。よくある話だな)

警備をだますのはやりすぎだが、危険をおかしてでも会いたかったのだという愚かさに、女のほうもころっと落ちる……のかもしれない。恋愛をえがいた書物なんかでも、そういったくだりはよく書かれている。

とりあえず、今はこの場をどうにかやりすごすのが先決だ。明明を手に入れるための策は順調に進んでいる。これでふいにするには惜しい。

碧玉は長い袖で口元を隠し、無言のままこくりと頷いた。いかにも深窓の令嬢が、怯えながらも好奇心を隠せないという仕草で。

「良かった。ほら、こちらをご覧ください。昨日のうちに、あなたのために手に入れたんですよ。きっと気に入っていただけるはずです」

舟は手の中にある何かを、もったいぶった様子で見せる。しかしそれは小さすぎた。薄暗いせいもあって、よく見えない。

(装飾品でも持ってきたのか?)

碧玉は警戒しながら、舟にそろりと近づく。彼の手にあるのは、折りたたまれた手巾《しゅきん》のように見えた。

「それが何か……？　うぐっ」

手巾《しゅきん》を持った手が、碧玉の顔に押しつけられる。やわらかな手巾《しゅきん》で鼻と口を押さえられ、薬草のにおいを吸いこんでしまった。刺激臭に、くらりとめまいがする。

（しまった。――くそっ）

もし病み上がりで鼻の調子が悪くなかったら、薬のにおいにも気づいただろうに。

立っていられずにふらついたところを抱きとめられたところで、碧玉の意識は闇に落ちた。


はっと目を覚ますと、碧玉は見知らぬ部屋にいた。

頭がくらくらして、体が重い。それでも碧玉は無理矢理体を起こす。

まだ薬が残っているらしい。何度か瞬きをして、ようやくはっきりと周りが見えた。白家の屋敷に比べれば、粗末な部屋だ。碧玉がいるのは、広々とした牀榻《しょうとう》だった。

（ここはどこだ？）

（白家の警備をかいくぐって、人一人を連れ出すとは……。少々、舟のことをなめ過ぎていた）

自分の失態にいらだって舌打ちし、牀榻《しょうとう》を下りようとした。

「うわっ」

膝に力が入らず、そのまま床にへたりこむ。ジャラリと耳障りな音がしたので見てみると、左の足首に鉄製の枷《かせ》がはまっていた。鎖が伸びて、牀榻《しょうとう》の足につながっている。身なりを確認すると、宿でくつろいでいた時の服のままだ。ひとまず安堵する。

「暁雪様、ようやく目が覚めましたか。思いの外、薬が効き過ぎたようですな」

扉が開き、黄土色の衣を着た舟が現れた。碧玉は冷静に告げる。

「残念だが、人違いだ。私は暁雪ではないし、男だ」

「ええ、驚きました。暁雪について調べた時、あなたの存在を知りまして。まさかこのような逸材が、白家の遠縁においでとは」

碧玉は舟の様子に違和感を抱いた。

妻を四人も迎え、次は明明に目をつけていた。当然、女好きだと踏んでいた。碧玉が男と分かればおかしな真似もしないだろうと思ったのだが……

舟を見上げる。彼は興奮して頰を紅潮させ、目に暗い喜びを浮かべている。

(——この目は……)

碧玉はそれに気づいた途端、悪寒がした。

舟の目つきは、以前にも見たことがある。嗜虐《しぎゃく》心を胸に秘め、碧玉に何かと罰を与えていたぶって、最後には死刑に追いこんだ。——天治帝だ。

血の気が引くとは、このことをいうのか。一瞬、強いめまいがしてふらついた。震えそうになるのを、手を握りこんで我慢する。

「薬が合わなかったようですな。水をどうぞ」

勘違いした舟は几《つくえ》に置いてあった水差しから、茶杯へと水を注ぎ入れ、碧玉の前にしゃがみこんで差し出す。碧玉は茶杯を払い落とした。

「いらぬ」

何が入っているんだか、分かりはしない。碧玉がギロリとにらむと、舟はますますうれしそうに口元に笑みを浮かべる。

「ああ、素晴らしい。矜持《きょうじ》の強さまで、あの方にそっくりだなんて。白碧玉様ご本人だったら、もっと良かったのに」

「は……？」

舟の口からこぼれた言葉に、碧玉は目を丸くする。

「白碧玉……？」

「様をつけなさい、無礼者」

よく分からないが、舟が注意するところを見るに、碧玉への敬意は抱いているらしい。

舟は茶杯を拾い上げ、几《つくえ》に置いた。椅子にどかりと座る。

「遠縁ならば、碧玉様のことを知っているのでは？　私は数年前、白家に商人として顔を出し、あの美しい方に出会いました。銀の髪に、青い瞳。天上から遣わされたような、麗しい方でした」

舟は残念そうにため息をつく。

「あの方に近づきたかったのに、当時の奥方にそれを悟られて、追い払われてしまったんですよ」

灰炎が話していたことを、碧玉は思い出した。翠花の観察眼の鋭さにも敬服を抱く。こんなことをしでかす輩《やから》だ。白家から追い出して正解だ。

「しかし不幸にも、あの方はお亡くなりになられました。せめて遺体だけでも手に入らないかと画策しましたが、墓守が厳重に警備をしていて、とても近づけませんでしたよ」

ぞわぞわっと、背筋に震えが走る。

(遺体でも、だと……？)

これは本格的にまずい。危険人物が目の前にいて、身動きが取れないという状況のひどさに、心臓がばくばくと鳴り始めた。

冷酷だといわれているし、どこか感情面がにぶい碧玉だが、価値観や感性はまっとうだ。死体を手に入れてどうしたいのか、さっぱり分からない。理解の及ばない目の前の男が、ひどく恐ろしいものに見えた。

道士として、妖怪や邪を多く見てきた。しかし、碧玉はそれらよりも、人間こそが最も恐ろしい生き物だとよく知っている。

(落ち着け。相手の思う壺だ)

自然と息が浅くなって息苦しいが、ぐっと奥歯を噛みしめて気を取り直す。それも舟はお見通しのようで、余裕の態度で話しかける。

「そう怖がらなくても、すぐに殺したりはしませんよ。といっても、落ち着かないのは分かります。そうだ。何か聞きたいことがあるなら、答えましょう」

しばらく会話をするつもりがあるようだ。碧玉は思考を巡らせる。

「白家の護衛がいたはず。人一人を連れて、白昼堂々誘拐するのは難しいだろう。どうやった？」

「あなたがたが宿にいてよかった。誰かと堂々と連れ立って出てきても、周りは不審には思わない。

そういう職の者だと、見て見ぬふりをするだけですからね。馬車に乗りこんだら、余計にですよ。身分が上の者のすることに、下位の者は口出ししません。面倒事は誰だって嫌ですから」

庶民は馬車には乗らないことを逆手に取って、舟は策略をなし遂げたらしい。

「女が悲鳴を上げたでしょう？　あちらに警備を引きつけさせました。本物の盗人も用意した。我々は手薄になったほうから、出ていっただけです」

「私の傍に人が少なかったのは、偶然だ」

「ああ、あれですか。かぎ回られて面倒だったので、利用させていただきました。白宗主はあなたにご執心の様子でしたから、こうでもしないと引き離す機会がなく……。あなたの従者が傍を離れたのは、私には幸運でした」

「……？　お前は暁雪に惚れたのではないのか？」

まるでこの言い方、最初から暁雪ではなく、遠縁の銀嶺を狙っていたように聞こえる。

「まさか！　私が愛しているのは、白碧玉様だけですよ。暁雪様に見とれたのは、あの方に似ていたからです。ですが、あなたのほうがより近い」

舟は銀髪が好きだから、銀髪の妻を迎えたのではない。白碧玉に似た面影の者を選んで、妻に迎えていたのだ。できれば一生、知らずにいたかったことだ。

そこで舟は、ひらひらと白い紙を振ってみせた。それは碧玉が懐《ふところ》に隠していた呪符だった。

「白家の遠縁でしたら、呪符や法具を隠していると思いました。こちらで預かっているので、逃げようとしても無駄ですよ」

舟は楽しそうに笑い、椅子を立つ。碧玉はビクリと肩を震わせた。

舟が目の前に片膝をつき、碧玉の顎を掴んで引き寄せる。心からうれしそうに、目を細めた。

「ああ、本当によく似ている。碧玉様、あの方の白い肌に血がにじんだら、どれほど美しいことか。痛みに顔をゆがめ、涙をこぼしたら……。見てみたかった」

この男は天治帝と同類の人間だと、碧玉は痛烈に悟った。這い上がる恐怖に耐えられず、ほとんど無意識に舟を突き飛ばす。

「私に触るな！」

「ぐっ」

舟は後ろに倒れこんだ。

碧玉は部屋を見回し、武器になりそうなものを探す。ろくなものが見当たらず、先ほどの茶杯を受け取っておけばよかったと後悔した。この際、この男を叩けるものなら枕でもいいと、腕に力を入れて牀榻《しょうとう》の上に這い上がる。

「うっ」

しかし、枕をつかむ前に、左足につながれた鎖を引っ張られ、再び床に倒れる羽目になった。打ちつけた肘の痛みにうめく。舟が鎖から手を離したので、ようやく身を起こすと、目の前に舟の足が見えた。

「逃げようとしても無駄だと言っただろう？　物分かりの悪い愚図は嫌いでね」

ヒュンと風を切る音も、聞き覚えがある。舟はわざとらしく馬用の鞭を振り、碧玉が身を固くするのを見ると、暗い笑みを浮かべた。

「大人しくしていれば、痛みは少なくて済む」

舟は右腕を振り上げる。碧玉は腕で頭をかばい、痛みを覚悟して目を閉じた。

――ドガッ

その瞬間、扉が激しい音とともに蹴破られた。

舟が驚いて動きを止める。

「取り押さえろ！」

天祐の命令とともに、白家の護衛兵が飛びこんできて、あっという間に舟を制圧する。

「うわあっ。なんだ、貴様ら！　何をする！」

舟は当然のように暴れたが、三人がかりで押さえつけられ、縄で縛られた。

「銀嶺、ご無事ですか！」

天祐は碧玉のもとにまっすぐ駆け寄り、碧玉の傍にしゃがみこんで肩を支える。

「て、天祐……」

碧玉は天祐の胸元にすがりつく。天祐が助けに現れたことに安心しているのに、浅い呼吸しかできず気分が悪い。

「兄上？　兄上、しっかりしてください！」

結局、何もできないまま目の前が暗くなり、そのまま気を失った。


次に再び碧玉が目を覚ますと、優しい花の香りがした。

そちらに目を向けると、蓮の花を模した陶器製の香立てから、白い煙が伸びている。

「兄上、起きましたか？　ああ、よかった！　心労のあまり、お倒れになったんですよ」

天祐が上から覗きこみ、目に涙を浮かべた。

「ここは……？」

「宿の部屋ですよ」

「私はどうして……」

気絶する前にあった出来事を思い出して、碧玉はぶるりと身を震わせる。思わず右手を伸ばすと、天祐はしっかりと握り返した。

「ここは安全ですから、落ち着いてください。兄上は倒れたんです。俺がいるので大丈夫ですから」

碧玉をそっと抱え起こし、天祐は碧玉を優しく抱擁する。碧玉はふうと息をつく。寝ている間に、寝間着に着替えさせられたようだ。

「あの男はどうした？」

「白家の人間を誘拐したのです。既に処刑しました」

「私は何日寝こんでいた？」

「数時間程度です」

蝋燭の火はあるものの、部屋は暗い。半分開いたままの窓から覗く外は、暗闇が広がっていた。てっきり数日寝こんだのかと思えば、大して経っていない。

「そうか、死んだのか」

「はい。俺が殺しましたので、安心してください。あなたの件だけではありませんよ。税金を誤魔化している帳簿も見つけましたし、これまでの妻の死もありますから」

税の誤魔化しは過料にはなっても死罪ではないが、白家の人間を誘拐した罪が大きかった。宗主が自らの手で始末をつけるのは、なんらおかしいことではない。

「あんなに怯えて、いったい何をされたのですか？」

「何かされる前に、お前が来た。ただあの男の狂いようを見て、天治帝のことを思い出したのだ。気にしていないと思っていたのに。――私には妖邪よりも人間が恐ろしい」

すっかり気持ちが弱っているようで、碧玉は素直に吐露した。天祐の抱擁の力が強くなる。

「そうですか。あれを処刑して正解でしたね」

舟の狙いが何だったのかを教えると、天祐は頷く。

「実は隠し帳簿を手に入れに行った時に、灰炎殿から聞きました。緑夫人は、兄上への舟のほの暗い目つきが気に入らず、白家から追い払ったのだ、と。灰炎殿は噂の件から間違いないと思ったそうですが、当時から物的証拠はなかったので断言はできなかったようです。それに、天治帝のこともありますから、余計に気を遣ったみたいですね」

繊細な気遣いをする灰炎らしいことだと、碧玉は息をついた。

「それで？」

「早いところ脅威を排除したいと思ったようで、俺に同行したわけです。時間があれば率先して調べていたようで、兄上の居場所を突き止めたのも灰炎殿ですよ」

灰炎にしてみれば折良いことに、風邪を引いて休んでいる碧玉の傍には、天祐がついていた。その隙に自ら調査していたのだろう。

「叱ったりはせぬ。私がうかつだった。変だと思った時に、すぐに戻ればよかったのだ」

「いったいどういう手口でさらったんです？」

愚かさをさらすようで、碧玉は言いたくなかったが、天祐は引かないだろうと踏んで、渋々打ち明ける。

「つまり、暁雪のふりをして対応して、すぐに追い払うつもりだったんですか？」

「そうだ。そもそも、恋人が忍んでくるくらいのことは、世間ではよくあるだろう。警戒はしていたが、理由をおかしいとは思わなかった。民のそういった些細ないざこざも、報告書で知っている」

それに……と碧玉は付け足す。

「なんならわざと誘拐されて、罪を作って陥れるのもいいかとも思っていた」

「な……っ」

「どうせ私は、冷酷で容赦のない人間だ」

さすがの天祐も、碧玉の人間性に呆れただろうと思ったが、実際は違っていた。

「なんという馬鹿なことを考えるんですか！　罠にかけて悪党を排除するのは構いませんが、あなたがわざわざ危険に身をさらさなくていいんです！　俺に相談してくれれば、そうしましたのに」

「……正論で怒らぬのか？」

「あの男が妻を四人も殺しているのは明らかなんです。自業自得でしょう。俺もその案を考えましたが、兄上に嫌われるのが嫌で却下しただけです」

碧玉は身を離し、天祐の顔をまじまじと眺める。

「私はお前のことを、誠実で正義感あふれる若者だと思っていたが」

「兄上に害をなす輩《やから》にまで、優しくなどしませんよ」

相変わらず、碧玉が関わると怖い男だ。

「兄上、どうしてそこまでしたんです？」

「……お前が明明を欲しいと言うから」

碧玉はふいっと目をそらし、理由を話す。

「まさか、それだけですか？」

「お前の望みを叶えてやりたいと思うのは、悪いことか？」

天祐は深いため息をつき、碧玉をぎゅっと抱きしめる。

「逢引の件といい、兄上が俺を気にかけてくれてることが分かって嬉しいです。はあ、もう。そんな風に言われたら、怒れないじゃないですか。また灰炎殿に、ベタベタと甘いと言われてからかわれる……」

　困ったようにつぶやくと、天祐は碧玉と額を合わせる。

「兄上、お願いですから、俺のために身を削る真似はしないと約束してください」

「私はできない約束はしない」

「そこは約束するところですよ？」

「私は守られるだけの情けない男になるつもりはない。……だが、実際のところはお前に守られてばかりだ。そうだな。もう少し相談する努力はしよう」

「分かりました。今のところはそれで構いませんよ。約束ですからね？」

「ああ、約束だ」

　碧玉の返事を聞いて、天祐がふっと表情をほころばせる。その包容力あふれる笑みを、碧玉は気に入っていた。天祐の唇に口づけたのは、ほとんど無意識だ。

「……兄上？」

「天祐、褒美をやる」

　思いついた誘い方はこれくらいだった。抱いてくれと願い出るには、碧玉は素直ではない。

「しかし、兄上は病み上がりですし、今日だって気絶したんですよ？」

　欲しがるくせに、天祐は碧玉の体調を第一にして遠慮する。碧玉は再び口づけをした。

「お前は私を傷つけぬ。そうだろう？」

「ですが……」

「このまま寝直したら、昔の夢を見そうだ。私を憐れだと思うなら、忘れさせてくれ」

これは本音だ。愛していると言いながら、傷つけようとしてくる者のことが、碧玉には理解できない。あの執着はおぞましいだけだ。

「高舟は、私の遺体を手に入れたかったと言っていた」

駄目押しの一言で、天祐からためらいが消える。

「兄上、どうか俺のことだけを考えていてください」

天祐は碧玉をそっと牀榻《しょうとう》に押し倒し、ゆっくりと口づけた。

◆

天祐が降らす優しい口づけに、碧玉は夢見心地になっていた。

頭、額、こめかみ、頬、首筋に辿り着くと、強く吸いついた。ちりっとした痛みとともに、そこに赤い痕をつけられる。

「兄上、好きです」

寝間着の合わせを開かれ、大きな手が滑りこむ。まるで労わるように肌をなでられると、碧玉は知らずにつめていた息を吐いた。今日はどうも人肌が恋しく、天祐の衣を引っ張る。

「天祐も脱げ。肌に触れたい」

「――っ」

天祐はぐっと息をのむ。眉を寄せ、衣を脱いで牀榻《しょうとう》の外に放る。

「これでいいですか？」

「怒ったのか？」

「いえ。素直な兄上がかわい過ぎて、我慢していただけです」

天祐ときたら、またわけの分からないことを言っている。碧玉は問う。

「我慢とは？」

「がっつきたくなるんです！」

「それでも構わぬが」

「駄目です。今日は優しくすると決めてるんですから」

天祐は碧玉に覆いかぶさり、左目の下に口づけを落とす。どうにも焦れったく、碧玉は天祐の頬を両手で引き寄せ、唇を合わせた。触れるだけの口づけの後、口内に舌が忍びこんでくる。

「ん、んっ、んぅ」

お互いの息を奪い合うみたいにして口づけしながら、天祐は愛撫を再開した。碧玉の寝間着の帯をほどき、肩や背中を優しくなでる。

宣言通り、天祐は碧玉を宝物みたいに丁寧に愛《め》でていく。やがて香油を使い、碧玉の後孔に指を三本入れる頃には、すっかり碧玉は溶けきっていた。

「天祐、もういい」

「碧玉……」

天祐は甘やかに微笑んで、碧玉の目蓋にちゅっと唇で触れる。羽で触れるような優しさは、碧玉の胸にうずきをもたらしたが、口づけや愛撫ばかりで、碧玉もいい加減限界だった。天祐の背に抱きついて誘う。

「天祐、中にくれ」

直截な言葉を口にするのは、気恥ずかしい。天祐はこちらの顔を見て、息をのんだ。

「兄上、そんな物欲しそうな顔をして煽らないでください」

何のことだか分からないが、天祐を誘導するのは成功した。天祐は碧玉の足を大きく開かせると、立派な陽物を後孔に押し当てる。それはゆっくりと中に侵入してきた。

「あ、ああ、あっ」

何度体を重ねても、最初は苦しい。痛みはないが、圧迫感は慣れない。天祐はゆるゆると腰を動かし、中の良いところを刺激した。

「あっ」

碧玉は声を上げ、ビクリと体を震わせる。

優しくするつもりだと言う通り、天祐はゆっくり進めていく。奥まで入れた陽物を抜き、半ばほどで止めて、再び入れる。それを何度か繰り返すと、中をかき混ぜるように、腰を動かした。

「はあ、ああ……」

穏やかな交わりは心地良いが、なかなか決定的な刺激が得られず、碧玉は首を横に振る。「天祐」

「兄上、気持ち良いですか？」

「頼むから……奥を突いて」

普段なら絶対に言わないことを、碧玉はとうとう口に出した。天祐が動きを止め、真顔に変わる。

ぐっと奥を突いた。

「あっ」

「優しくしたいと言ってるのに、もう。しかたがない人だな」

「うあっ、あっ」

天祐は碧玉の腰を掴み、激しく責め立てる。碧玉はびくびくと身を震わせながら、手を伸ばした。

天祐はそれに気づいて、自分の背へと誘う。

「もっと……近くに……」

抱きしめ合う距離だけでは、心もとない。

「んっ？」

中に入っている天祐自身が大きくなったので、碧玉は驚きの声を漏らす。

「煽らないでください」

思わずというように舌打ちをして、天祐は揺さぶりを激しくする。奥をえぐるように、腰を大きく動かす。碧玉も翻弄されて、わけが分からなくなった。高みに押し上げられる。

「ひ。あああっ」

嬌声を上げ、天祐の背に爪を立てる。碧玉自身から、白濁が飛び散った。

「――くっ」

それに遅れて、天祐は碧玉の中へと精を注ぎこんだ。

くたりと脱力する碧玉の中から陽物を抜き、天祐は愛おしげに目を細め、唇に触れるだけの口づけをする。

「碧玉、愛していますよ。俺はあなたを守りますから。一生、大事にします」

碧玉は病み上がりもあって、夢へと踏みこみながら、天祐の声を聞いている。

「……私を捕まえたのが、お前でよかった」

天祐がもたらす愛は穏やかで、安心感をくれるものだ。

この愛は得難いものだ。碧玉は幸運を感謝しながら、まどろみに身を預けた。

◆

舟の起こした事件は片付き、明明は無事、白家の専属刺繍師となった。

白家には針仕事のみを扱う部署がある。住みこみの者もいれば、通いの者もいるのだが、彼らはこの新参者の刺繍馬鹿っぷりに圧倒され、いい刺激を受けたようだ。

事件から一月《ひとつき》が過ぎた頃、碧玉の住む離れでお茶をしていた天祐は笑顔で言った。

「兄上、明明が来てから、白家の針仕事の腕が上がったと評判ですよ」

「我が家に招いた甲斐があるな。成果次第では、店を持たせてやるのも良かろう。他の者もだ」

「皆が喜びますよ」

そう話す天祐は、妙にご機嫌だ。茶を一服し終えると、携えてきた漆塗りの箱を開けて、薄物の羽織を取り出す。

「兄上が美しいので、明明の創作意欲は格段に上がっているそうです。最新作を着てみてください」

天祐が持ち上げてみせた羽織は、芸術作品としても見事なものだ。紗の布地に、白い糸と薄茶の糸で、白梅をえがいている。以前よりも、明明の技量は上がっていた。

「これは素晴らしい」

「そうでしょう。着てみてください」

天祐は碧玉を立たせて催促する。碧玉が元々着ていた羽織を灰炎が預かると、天祐は碧玉の背にそっと着せかけた。

白梅の羽織に、銀の髪が滝のように流れる。

「天界に咲く花のような美しさです。ああ、明明を連れてきて良かった！」

天祐は感動のあまり、仏に祈り始めた。碧玉も綺麗な衣を着ると気分が良いが、少し残念な気もする。

「外で見せびらかせないのはもったいない。私の物ばかり作らせるのは、無駄遣いではないか？」

「外では着なくていいんですよ。兄上の美しい姿は、俺が独り占めしますから」

天祐が堂々と子どもじみたことを言うので、碧玉は呆れた。

「お前は本当に、欲深い奴だな」

「そうですよ。俺は兄上の人生もまるごと欲しいんですから」

満面の笑みでそんなことを言うものだから、碧玉は喜べばいいのか怖がればいいのか分からず、額に手を当てる。

「まったく、しかたがない弟だな」

口では悪態をつきながらも、天祐も人生をまるごと碧玉に寄こすならば、それも悪くないかもしれないと思ってしまう辺り、碧玉はすっかり天祐に毒されている。

そんなことを打ち明けるほど素直ではないので、告げるつもりはないが。

碧玉は勝手に笑いそうになる口元を袖で隠し、羽織をひらりと宙に遊ばせた。

白狐は陽だまりでまどろむ

白狐は陽だまりでまどろむ

雪瑛が白家にやって来たのは、夏日が落ち着き、風に冷たさが混じり始めた頃である。

黒家への報復をたくらんでいた九尾の狐の下僕から、碧玉という道士の下僕に変わり、静かで壮麗な屋敷へと連れてこられたのだった。

新しい主人も、怖さの度合いでは、前の主人とあまり変わらない。前の主人なら雪瑛を食べるだろうが、新しい主人は毛皮にするだろう。それでも、こちらのほうが良いこともあった。

雪瑛を世話してくれる灰炎は優しくて、寝床はふかふかの座布団を用意してくれた。ごはんはおいしい。愛想よくふるまうだけで、白家の家臣はお菓子や果物をくれることもある。とにかく食い意地が張っている雪瑛にとって、良いことだらけだ。

雪瑛がまだ野狐だった頃から住んでいた黒領の龍処は、龍脈の強い霊力を避けて、あまり動物がいなかった。天敵が少ないおかげで、雪瑛には過ごしやすい所だったが、食べ物が豊富というわけではない。肉を受け付けない偏食のせいで、木の実や果物や虫ばかり食べていたから、野鼠すら少ないあの場所で餓死せず生きられたのだ。そんな食環境だったので、おのずと食い意地が張っている。

今日もお腹いっぱいに食べて、ふわふわの白い尻尾をご機嫌に揺らしながら、雪瑛は廊下をトテテテと駆けていく。奥まった場所にある扉の前に辿りつくと、ちょこんと座って、扉番の衛士にあいさつをする。

「こんにちは！　通っていいですか！」

「あまり騒がしくしないように」

衛士はそっと注意してから、扉を開けた。その隙間から、雪瑛は部屋の中へと飛びこむ。

「主様っ、こんにちは！　ご機嫌いかがですか？」

主人である碧玉は、濡れ縁のほうにいた。屋根が落とす影の中で、柱にもたれて座っている。手には竹簡を持っており、周囲には竹簡や書物が散らばっていた。雪瑛のあいさつを聞いて、文字に視線を落としていた碧玉の冷徹な青い目が、じろりとこちらを見る。

「お前は随分ご機嫌なようだな。菓子のくずがついているぞ」

皮肉とからかいが混じった言葉をかけられた。

下級妖怪である雪瑛から見ても、碧玉は仙人のような白皙の美青年だが、まとう空気は寒々しい。にらまれると雪瑛は自然と畏縮するのだが、仕える主人には違いないので、一日に一度はあいさつに顔を出すことにしている。

「えっ、どこですか？」

雪瑛は前脚でくしくしっと顔をかく。どうやら検討違いの場所だったらしく、碧玉が面倒くさそうなため息をついて、指先で傍に来いと示す。雪瑛が碧玉の傍に近づくと、碧玉は手巾を取り出して、雪瑛の左顔の辺りをぬぐった。

「灰炎はどうした？」

「灰炎様はお茶の用意をするそうです。わたくしは先触れを任されました！」

えへん！　と胸を張る。

「ふん。ていのいい厄介払いだな。どうせお前のことだ。灰炎の足元をちょろちょろして邪魔をしたのだろうよ」

「な、何故それを⁉　まさか、どこからかご覧になっていたのですか？」

「尾の毛先に足型がついている。踏まれたのか？」

「あっ、本当だ！」

碧玉の指摘で、初めて自慢のしっぽの先に黒い痕がついていることに気づいた。雪瑛は急いで毛並みを整える。そして再び碧玉を見ると、すでにこちらへの興味を失って、書物を読んでいた。雪瑛は碧玉の膝によじ登り、どんなものかと覗きこむ。人間の文字が分からない雪瑛でも、なんだか難しそうなものだということは理解できた。

「お前は本当に馬鹿だな。臆病なくせに、どうして断りもなく私の膝の上に乗る？」

「雪瑛は小さいから見えないんですもの！」

「お前にこれが読めるのか？」

「分かりません！」

頭上から深いため息が降ってきた。

「もうよい……」

どこか諦めの混じった声でつぶやき、碧玉の白い手の平が、雪瑛の頭に乗る。首根っこを掴まれて膝から下ろされるのかと思いきや、意外にも優しい手つきで、雪瑛をなでた。碧玉は口端を吊り上げてつぶやく。

「狐の肉はまずそうだが、毛並みはいいな」

「ひぎゃーっ。わ、わたくしを毛皮にしないでくださいませっ」

ゾクゾクッと背筋を悪寒が駆けのぼる。雪瑛は碧玉の膝から逃げ出した。

「ぷっ。くくく」

「からかったのですね、ひどいですぅーっ」

キャンキャンと狐独特の甲高い鳴き声で抗議していると、離れに天祐が顔を出した。

「いったい何の騒ぎですか」

「宗主様、きっと主君が雪瑛をからかって遊んでおいでだったのですよ」

天祐の後ろから、灰炎が言った。茶器が載った膳を抱えている。雪瑛は灰炎のほうに駆け寄った。

「灰炎様、主様がわたくしをいじめるんですぅ〜」

「こらこら、灰炎殿が転ぶからやめなさい」

雪瑛が灰炎の足にまとわりつく前に、天祐がさっと雪瑛を抱き上げる。天祐は基本的には優しい良い人だが、油断はできない。何しろ、天祐は碧玉の従弟であり、情を交わしている相手でもある。碧玉が関わると、普段の寛容さがなりをひそめて、ものすごく心が狭くなるのだ。

「兄上、風が冷たくなってきました。そろそろ中にお入りください。――って、その書類、いつの間に運びこんだのですか？」

「ああ、暇つぶしに持ってこさせたのだ。今年は天候が落ち着いているから、豊作のようだな。良いことだ。しかし、宮廷からの護符の大量発注は何だ？　問題が起きたとは聞いていないが」

「ああ、それですか。問題が起きたわけではないので、安心してください。予防ですよ。新しい帝と妃を守るべく、宮廷中に守りを敷きたいそうです。金になるので引き受けました」

「護符ねえ。あの連中は、一番危険なのがお前だと知らぬからな。分かっていて金を出させるとは、お前も悪い奴だな」

碧玉はどこか愉快そうに言った。天祐は至極当然と頷く。

「兄上に害をなした連中から、金を巻き上げて何がいけないんです？　慰謝料と思えば安いものかと。白家の新宗主である俺に、厄払いの儀を頼みたいと打診がありましたが、そちらはお断りしました。兄上を怨霊扱いして騒ぎ立てるなんて、白家を――俺を馬鹿にしているんでしょうかね」

天祐の目が鋭く光り、怒りに呼応して、天祐の霊力がこぼれる。雪瑛は毛を逆立てた。

「ひぃぃぃっ、怖いですーっ」

天祐の腕から逃げ出して、雪瑛は大きく跳ねる。ろくに着地も考えずに飛び出したせいで、無様に床に落ちるところだったが、ちょうど立ち上がろうとしていた碧玉が、雪瑛の前に両手を差し出して受け止めた。ふわりと花の香のにおいがする。

「まったく、騒がしい。もう少し静かにできぬのか？」

「主様～っ」

碧玉が助けてくれたことに感動した雪瑛だが、寒気は止まらない。どうしてかといえば、天祐が嫉妬のこもった目で、雪瑛をにらんでいるせいだ。正しくは、碧玉が雪瑛の頭をなでている手を、だが。

「兄上になでなでされるとは許しがたい狐だな。そもそも、その雪瑛という名も気に入らない。獣の分際で、兄上とそろいを付けてもらうなどっ」

「ひいっ。何か、ぶつぶつと文句を言ってる！」

雪瑛は震えた。

碧玉は呆れた顔をして口を開く。

「お前、文句を言うにしても今更過ぎないか？」

「言いたかったんですが、それどころではなかったので我慢していたんです！　雪瑛は、雪のように美しい水晶のように透明な玉という意味ですよね。兄上の名づけの感性は最高に素晴らしいですが、こんな狐とおそろいにする必要はなかったじゃないですか！」

ほら、この通り。碧玉が関わると、天祐は子どもっぽい我がままを言い出すことがある。雪瑛はちらりと碧玉を見上げた。一方で、いつも冷静な碧玉が困惑の表情を見せるのも、天祐の前である時が多い。

碧玉は頭痛がすると言いたげに眉を寄せ、ため息をついた。

「はあ、まったく。それこそただの狐一匹に対して、どうしてそこまでむきになるのか理解できぬ。

お前もいい年齢だろうに、大人げがない。そもそも、お前は叔父上から良き名をいただいているではないか」

「それはそうですけど！」

「私の下僕だ。威嚇をするな。こんな狐、私はいつでも毛皮にできるが、そんなことをしたら灰炎が落ちこむからしないだけだ」

「灰炎殿が」

碧玉と天祐が見るのにつられて、雪瑛も灰炎のほうを向いた。我関せずの顔でお茶を淹れていた灰炎は、目をまん丸に見開き、大げさにのけぞる。

「えっ、そこで私に話題を振るんですか⁉」

碧玉はそれが当然のように肯定する。

「お前は動物が好きではないか。この狐を可愛がっているだろう？」

「ま、まあ、そうですね。あの可愛い白雀も、庭に来なくなりましたから、雪瑛は日々の癒しではありますが……」

灰炎は気まずそうに本音を打ち明けて、目を泳がせる。

碧玉は冷たい人間だが、側近にはそれなりに目をかけるところもあると、雪瑛は知っている。特に灰炎のことは、明らかに特別扱いしていた。前に不思議に思って灰炎に質問したら、灰炎は碧玉が幼い頃から傍仕えをしているから古なじみなのだと教えてくれた。

「白雀。ええと、あれはその……俺の式神だったせいだが」

人の好い天祐は、碧玉が大事にしている傍仕えの楽しみを奪ったことに気づいて、罪悪感にかられたらしい。分かりやすく弱った顔をして、漏れ出ていた霊力をすっと引っこめた。結局、天祐のほうが主張を取り下げた。

「分かりました！　雪瑛のことで、文句は言いません！」

「――ふむ。理解したならばそれでよい。私の霊力はさほど高くはない。こんな者でも、能力を補うにちょうどいいだけだ。一番の特別はお前だということに、代わりはない。私にここまで言わせて、まだ気になると主張するつもりか？」

碧玉は右手を伸ばして、天祐の左頬をするりと撫でる。しなやかな指先が天祐の顎をゆるやかにつかんで、くいっと引き寄せた。天祐は顔を赤くする。

「い、いえ……っ。うう、兄上、ありがとうございます！」

天祐はたったそれだけで機嫌を直し、碧玉の美貌を食い入るように見つめる。

なんだか怪しい雰囲気になってきた。今にも口づけを始めそうだ。雪瑛までドキドキしてきて、碧玉に抱えられた格好で、口元を前脚で押さえる。

「お二方、お茶をどうぞ。夕立が来そうなので、戸を閉めておきますね」

灰炎は自然な仕草で、碧玉の手から雪瑛を取り上げて床に下ろす。それから碧玉が散らかしていた書物を集めてまとめると、あっという間に窓と戸を閉めてしまう。そのまま雪瑛を伴って離れを出た。廊下に出るなり、灰炎は雪瑛に注意する。

「恋人の逢瀬を邪魔するのは、野暮というものだぞ、雪瑛」

「はーい」

良い子の返事をしたものの、もう少しだけ続きを見たかったので、残念な態度を隠さない。

雪瑛に番がいたことはないので、人間達の恋模様には興味津々だ。前の主人に仕えていた時は、夜は黒狐と暗香役を交代しなくてはならなかったので、暗香と黒宗主の閨《ねや》事情までは知らない。

「でも、今度、ちょっとくらい見ていたら駄目ですか？」

「駄目だ。他人の恋路の邪魔をすると、馬に蹴られるぞ」

「えっ、それは嫌です！　痛そうです！」

ちっぽけな狐なんて、馬に踏まれたら簡単に死んでしまう。

「ははは。人間が使う慣用句だよ。実際に馬に蹴られるかはさておき……、宗主は嫉妬深い方だから、お前が主君のあられもない姿なんて見たら、鍋で煮られるかもしれない」

雪瑛はブルブルッと震えた。

灰炎は笑っていたが、忠告する時だけ真顔だった。それに天祐ならばやりかねないと、獣の直感が告げている。

「邪魔なんてしません！」

「それでいい。それに、主君は騒がしいのがお嫌いだ。ご自分のお部屋にいらっしゃる時は、私や宗主様しか自由に出入りさせない。お前が立場を弁えなかったら、それこそ毛皮にされてしまうぞ。気を付けなさい」

「灰炎様は怖くないんですか？」

「そこがあの方の良いところなんじゃないか。分かってないな」

怖いところが碧玉の長所だなんて、灰炎は意味不明なことを言う。雪瑛は首を傾げたせいで、ふらついて壁にぶつかりかけた。

「確かにあの方は恐ろしいが、むやみやたらと厳しいわけではないんだぞ。それに、見合った待遇や報酬はお与えになる。お前の寝床がふかふかしていて、食事がおいしいのはあの方のおかげだ」

「末永くついて参りますぅ～」

「ははっ。まったく、調子の良い奴だ。頼むから、食べ物に釣られて、見知らぬ人間について行くような真似はするなよ」

「はーい！」

雪瑛は元気良く返事をした。この世話好きな男が好きなので、困らせるつもりもない。灰炎は碧玉が言うように、動物好きだ。獣の直感で、雪瑛は気を許していた。

「ああ、そうだった。雪瑛、これから主君の衣類を引き取りに行くから、ついておいで」

「わーい、青鈴様の所ですね？　行きますっ」

そしてもう一人、天祐の侍女である青鈴のことも好きだ。雪瑛は機嫌良く尻尾を振りながら、灰炎の後に続いた。


白家の屋敷には、衣類を専門に扱う使用人がいる。

特に屋敷の主人の衣類には気を遣い、限られた者しか扱えない決まりになっていた。

その数名は、侍女頭と専任の針子、青鈴がいる。青鈴は天祐の侍女なので、天祐の衣類管理をしており、その流れで、侍女頭から碧玉の衣類を届けるようにと指示されることが多い。碧玉の住む離れには一部の者しか出入りできず、青鈴がその一人だったせいだ。

雪瑛は一日の大半を灰炎や青鈴と過ごしているので、青鈴の仕事内容についてもよく知っている。

「青鈴様っ」

「きゃあっ」

灰炎が声をかける前に、雪瑛は洗濯室に飛びこんで、青鈴の足元に突撃した。身構えていなかった青鈴は大きくよろめいたが、とっさに灰炎が支えて事無きを得た。

「大丈夫か。こらっ、雪瑛。いきなり飛びついたら危ないだろう」

「ごめんなさーいっ」

ぴゃっと飛び上がり、雪瑛は青鈴の後ろに隠れる。青鈴は真っ赤になってうつむいた。

「あ、ありがとうございます、灰炎様」

「怪我はないようだな。良かった」

灰炎は青鈴の様子を確認してから、肩を支えていた手を離す。灰炎はどこか気まずそうに、後ろに下がった。灰炎まで顔が赤く見え、雪瑛は首を傾げる。

「どうしてお二人とも、お顔が真っ赤なんですか?」

「雪瑛、黙っていろ。未婚の娘に近づき過ぎるのは、良くないことなんだ。――ええと、雪瑛がすまないな、青鈴殿。主君の着物を取りに来たのだが」

よく分からないことで叱られたので、雪瑛は不満だったが、二人とも近づき過ぎるのは悪いことだという詳しい理由まで教えてくれる様子がないので、答えをねだるのを諦めた。

青鈴は盆の上に置かれている白や薄青の衣を示す。

「それでしたら、こちらです。そういえば、灰炎様。あの方のお気に入りの羽織なのですが、だいぶ染めが落ちて参りました。染め直しをするか、処分して新品を仕立てるか、どちらにいたしましょうか」

「それについては、一度、主君に確認すべきだな。宗主様は新品を仕立てるようにとおっしゃるだろうが、主君はお体を悪くされてから、肌当たりがやわらかいものでないと、どうも肌荒れされるようなのだ。着慣れたもののほうを好まれるかもしれない」

「では、あまり糊をかけ過ぎないほうが良かったでしょうか。洗濯をやり直しましょうか？」

「そちらの薄青のほうは外出着だから、糊がきいていても問題ない。白い室内着だ」

「良かった。白い衣には糊はかけておりませんので、このままお持ちください」

「分かった。では、これで」

灰炎は青鈴から洗濯物を盆ごと受け取ると、洗濯室を出る。青鈴が丁寧にお辞儀をして見送った。

「またね、青鈴様」

青鈴は優しく微笑んで、雪瑛に向けて軽く手を振ってくれた。灰炎の横に並ぶと、雪瑛は問う。

「ねえねえ、灰炎様。灰炎様と青鈴様、お二人の邪魔をしたら、わたくしは馬に蹴られるの？」

「余計な気は回さなくていいっ」

「何で怒るの？　灰炎様は、青鈴様のことが嫌いなの？」

「そんなわけがあるかっ。私は小柄で働き者な女子《おなご》が好みで……って、何を言わせるんだ、お前ときたら！　とにかく、使用人として秩序を守らねばならんのだ。変に触れ回ったりするんじゃないぞ」

やっぱり灰炎の顔が赤い気がするのは、怒っているせいだろうか。

そもそもどうして怒っているのかも雪瑛にはよく分からなかったが、後で灰炎が口止めのためにお菓子をくれたので、あっさりと忘れることに決めた。


それから十日ほど、雪瑛は邸内でのんびりと暮らしていた。

とはいえ、のほほんとしていたのは雪瑛だけで、屋敷はばたばたとしていた。白領の南西にある領境付近で、行き交う商人や旅人を襲う妖怪が出たとかで、天祐が門弟を連れて留守にしていたせいだ。

被害が小さいので、宗主が出向くまでもない内容だったが、領境付近は他領とのいざこざに発展しやすい。将来、余計な問題を引き起こさないために、天祐は万全を期して出かけたらしい。

天祐の留守中、雪瑛は碧玉の部屋で過ごしていた。

碧玉の気分転換になるからと、話し相手になるように呼ばれたのだ。雪瑛はやる気いっぱいだったのに、いざ部屋に行くと、碧玉は書類を裁いていて雪瑛を放置したので、暇過ぎて昼寝をしていた。

そして、ようやく天祐が帰ってきた日、雪瑛は天祐の部屋に向かった。

「お帰りなさい、宗主様。ねえねえ、わたくしの話を聞いてくださいよぅ～」

天祐の部屋に押しかけたのは、碧玉のよく分からない行動について、愚痴を言うためだ。

「帰るなり会うのが、雪瑛とはな。兄上なら良かったのに」

「一言目から失礼ですよっ」

雪瑛はぷんすかと怒って見せたが、雪瑛が会いたいと言って、すぐに部屋に入れてくれるだけでも優しい対応だと分かっている。それから天祐がいる衝立の裏に回りこみ、雪瑛は飛び上がった。

「ぴゃっ」

天祐が着ている白と藍の衣は、血が付いていた。時間が経ったせいか、どす黒い。驚く雪瑛をちらと見やり、天祐はつぶやく。

「これがなければ、帰宅してすぐに、兄上の部屋に行ったんだがな」

「宗主様、お怪我を……？」

「心配してくれてありがとう、雪瑛。これは全部、返り血だから問題ない。妖怪のふりをして、通行人を襲っていたならず者共がいたから始末してきたんだ」

天祐が穏やかな態度でさらっと告げる内容に、雪瑛はなるほどと頷いた。

「道理で、妖怪のにおいがしないはずです」

「意外だな。怖がらないのか？」

「縄張りを荒らされたら、反撃するでしょう。当たり前じゃないですか」

「お前、のんびりしているわりに、思ったよりも過激なんだな？」

「獣は縄張りにはうるさいものですよ」

雪瑛からすれば、縄張り荒らしを排除するのは、至極当たり前のことだ。

天祐は服を脱ぎ捨てると、お湯の入ったたらいに布をひたして、体についている血や汚れをぬぐい去る。

「天祐様、お風呂をご用意しますのに」

衝立の向こうから、青鈴が気を遣って問う。

「兄上に会いたいから、これでいい」

「しっかり身綺麗になさればよろしいのに。獣くさいですわよ」

「それは連中が妖怪のふりをするために毛皮をまとっていたからで、俺のせいじゃないぞ。……そんなににおう？」

「あの方のご気分を害すかもしれませんわ」

「分かったよ。風呂に入る！」

青鈴の説得が成功し、他の使用人が数名呼ばれて、風呂桶に湯を用意し始めた。準備を待つ間、青鈴は茶と軽食を運び入れ、天祐に腹ごなしをすすめる。

天祐は几について、一口大に切られた果物へと手を伸ばす。雪瑛は天祐の隣の椅子に登り、天祐に話しかけた。

「宗主様、その碧玉様のことで、わたくしの話を聞いてくださいませっ」

「兄上に何かあったのか？　そういえば、雪瑛が俺の所までわざわざやって来るとは珍しいな。問題があるという報告は聞いていないが……」

「碧玉様は元気ですけど、元気じゃないです！」

「何だ、どういうことだ？」

天祐が勢いよく詰め寄るので、雪瑛はびびるあまり、椅子から落ちそうになった。どうにか我慢して、椅子にちょこんと座り直す。

「宗主様が留守の間、碧玉様はとっても静かでした」

天祐は何だそんなことかと言いたげに、椅子に座り直す。

「兄上はお前と違って、普段は落ち着いていて、余計なことはお話しにならないんだ」

「それって、わたくしには落ち着きが無くて、無駄に騒いでいるとおっしゃりたいんですか！」

「そうだぞ。自覚してなかったのか？」

「わーん、そういう皮肉を言うところは、主様とそっくり！」

雪瑛は泣き言を叫んだつもりだったが、天祐はうれしそうに口端を吊り上げる。

「ふふ、そうか。兄上にそっくりと言われるのは、素直にうれしい。それで？」

「喜んでる！　ひどい！」

誰か雪瑛に同意してくれないかと周りを見たが、青鈴を含め、使用人は微笑ましそうに破顔している。味方がいない。

（宗主様も皆も怖い。何故）

雪瑛は周りの反応にも怖気づきながら、話を続ける。

「あの方、気晴らしの話し相手になるようにと、わたくしをお部屋に呼んだんです。でも、何もお話にならず、わたくしを放置して書類のお仕事ばっかりしていたんですよ。毛皮にするぞとからかうこともなくて……」

「へえ、それは良いことじゃないのか？　ところで、俺には兄上と二人きりで過ごしたという自慢にしか聞こえないが」

「怖い顔をしないでくださいっ」

雪瑛は急いで本題に入る。

「それで、暇なのでお昼寝をしていたんです。途中で目が覚めて、あの方のことを見たら、どこかを眺めてるんですよ。この十日、それを何度もしていらっしゃいました。ため息も多くて……。ね、元気じゃないでしょう？　ずっとそんな感じでしたのに、どうしてわたくしを呼びつけたのか、意味不明過ぎて困りました！　あの方、何がしたかったんですか？」

「どこかを眺める？　仕事疲れでぼんやりされていただけじゃないのか？　ため息だなんて、病気じゃないだろうか」

途端にそわそわし始めた天祐が椅子を立つ前に、青鈴が質問する。

「雪瑛ちゃん、どこかっていうのは、どちらをご覧になられていたの？　同じ方向かしら」

「え？　方向ですか？　ええと、確か、あちらのほうでしたよ」

「……まあ、南西ですね。良かったですわね、天祐様」

青鈴はにっこりと笑い、天祐に話しかける。天祐はきょとんとする。

「どういうことだ？」

「南西といえば、天祐様がお出かけになられていた方向ではございませんか。使用人の身であの方のお考えを推し量るのも無礼かもしれませんが申し上げます。恐らくあの方は、天祐様のお帰りをお待ちになっていて、寂しかったのですわ」

「寂しい？　そうなのか、雪瑛？」

天祐は頬を赤らめ、うれしそうに口端を引き上げる。雪瑛は首を傾げた。

「わたくしに訊かれても分かりませんよぅ」

「俺が留守にしている間の、兄上の様子を聞けるなんて思わなかった！　良い子だ、雪瑛。お前もこれを食べるといい」

「わーいっ、ありがとうございますーっ」

人間のやりとりが理解できずに不満たらたらの雪瑛だったが、目の前に食べ物を出されたので、ころりと態度を変える。天祐が小皿に入れた林檎に、勢いよくかじりついた。酸味があっておいしい。

天祐は機嫌の良い笑みを浮かべながら、雪瑛に話しかける。

「雪瑛、先ほどの問いだが、お前が傍にいると、兄上の気持ちがいくらかましになるのではないか？　だから傍に置いていたんだろう。お前はそこにいるだけで騒がしいからな」

雪瑛は林檎をそしゃくするのをやめて、じとっとした視線を天祐に向けた。

「……それって、褒めてるんですか？　けなしてるんですか？」

「褒めているつもりだ。それで、兄上のご様子について、他にはないのか？」

「うーん、そうですねぇ。そういえば詩歌の本をご覧になっていましたよ。何をつぶやいているのかと訊いたら、返事をするための予習だとおっしゃっていました」

「……返事。はっ、俺が恋歌を贈ったら返事をしてくれると言っていた、あれか！　うう、兄上……。何てけなげなんですか」

天祐が胸を押さえてうなり始めたので、雪瑛はビクリと震える。

「ええっ、果物が喉に詰まったんですか？　大丈夫ですか？」

「問題ない。ほら、こちらに干し棗《なつめ》もあるぞ」

天祐は雪瑛を自分の膝の上に乗せ、干し棗を口元に運んでくれた。

「わーいっ」

天祐の様子は雪瑛には意味不明だったが、食べ物をくれるのは素直にうれしい。どうやら天祐は碧玉の話を教えると機嫌が良くなるようだ。

（ということは、わたくしが碧玉様に化けたら、もっと喜んで美味しいものをくれるかも！）

雪瑛にはこの案が素晴らしく、とても賢いものに思えた。だから、すぐに実行に移した。碧玉の姿を思い浮かべ、術を使って変化する。ポンッという音と共に、白狐から碧玉の姿へと変わった。

突然のことに、天祐は椅子の上でぎょっとのけぞる。

「へ？」

「どうですか、宗主様。こちらの姿だともっと嬉しくなって、わたくしにお菓子をくれたくなったりしませんか？」

驚いている天祐に向けて、雪瑛は碧玉の姿でにこっと笑いかける。途端に、天祐の目つきが鋭くなった。

「やめろ。その笑い方は、解釈違いだ」

「えっ、解釈が何ですって？」

「確かに、俺は兄上のそんな無邪気な笑みだって見てみたい。しかし、だ。普段笑わない兄上が、ふいにこぼされる笑みだからいいんじゃないか。俺の我がままに対して、しかたがない奴だと年上らしさのある許容でもって、俺だけに向けられる微笑だ。そもそも、兄上はそんな風に馬鹿っぽく笑わない！」

「ひえっ。早口過ぎてよく分からないのに、熱意があり過ぎて怖いことは分かります……っ」

天祐が碧玉に対して、重くて複雑な感情を向けていることだけはきちんと把握し、雪瑛は恐れおののいた。

「天祐、帰ったそうだな。領境付近の問題はどうだった……ん？」

そこへ、羽織を頭から被って顔を隠した姿で、碧玉本人が現れた。話しながら入室し、天祐と雪瑛に気づいて足を止める。

「「あ」」

天祐と雪瑛の声が、間抜けに重なった。

碧玉はまじまじと二人を見て状況を確認すると、ふいに後ろにいる灰炎のほうへ、右手を差し出した。

「灰炎、剣を寄こせ」

「どうぞ」

忠実な灰炎は、すぐさま腰に下げていた剣を外し、碧玉に渡す。

「「え？」」

碧玉がすらりと剣を抜くのを、天祐と雪瑛はぽかんと眺める。

碧玉は羽織を邪魔そうに灰炎へと放り投げると、抜き身の剣を手にして、几のほうに歩み寄ってきた。真顔でこめかみに青筋を立てている。

「天祐、浮気をしたら、お前と浮気相手、両方とも殺すと忠告したはずだが？」

「「浮気？」」

天祐と雪瑛は顔を見合わせる。天祐の膝の上に、碧玉の姿をした雪瑛を座らせている様子は、傍からはいちゃついているように見えるのだと、ようやく気がついた。天祐は青ざめて、手をブンブンと激しく振って否定する。

「違います、兄上！　誤解です！」

「私の姿をさせた雪瑛を膝に乗せておいて、何が誤解だ！」

碧玉は剣を振り上げた。

「うわーっ」

「ひぎゃーっ」

当然、天祐は慌てて椅子から跳び退り、雪瑛も床に転がって刃先を避ける。ポンッという音とともに、雪瑛は白狐の姿に戻り、几の下に逃げこんだ。天祐はすかさず文句を言う。

「うわっ、ずるいぞ、雪瑛！　お前が勝手に兄上の姿に化けるから誤解されたのに！」

「ごめんなさいごめんなさいごめんなさい。主様、わたくしはただお菓子が欲しかっただけなんですぅぅぅっ。うわーんっ、毛皮にしないでぇーっ」

ちょろちょろと家具の下を逃げ回る狐と、間合いをはかる人間を見比べて、碧玉は人間のほうを選んだ。

「天祐、覚悟しろ！」

「待ってください！　本当に！　浮気なんてしていませんってば！」

几を挟んで、天祐と碧玉はじりじりと向き合う。命がかかっているので、天祐も真剣な顔になっている。

「灰炎殿も止めてくださいっ」

「申し訳ありませんが、宗主様。私の一番の主はこの方ですので……」

灰炎は役に立たないと踏んで、天祐は部屋に控えていた青鈴を呼ぶ。

「青鈴、頼む！」

「え、そ、そうおっしゃられても、どうすればよろしいんですか。あわわわ」

暴力沙汰に弱い青鈴はうろたえ、右往左往している。他の使用人も、碧玉の怒りを恐れて縮こまっていた。

「天祐、悪あがきをするな！」

「ちゃんと説明をさせてください！」

天祐は持ち前の運動神経と道術まで使って、碧玉の攻撃を避けまくる。しばらくして碧玉が疲れてきたところを狙って武器を取り上げ、説明の機会を手にするのだった。


天祐から事の顛末を聞いた碧玉は、灰炎に剣を返した。体の前で腕を組んで、じろりと雪瑛をにらむ。

「私がお前を話し相手にと呼びつけておいて、お前を放置していたのが意味不明だったから、天祐に理由を教えてもらいに来ただと？　その程度のこと、私に直接質問すればよかろう」

雪瑛は碧玉が怒って毛皮にしないかと怯えながら、隠れている椅子の下から、そーっと碧玉のほうを見上げる。碧玉がいつもの理知的な態度に戻っていたのでほっとした。

「ええと、それでは、どうしてですか？」

「お前はいるだけでうるさいから、気晴らしになる」

「ひどい！　宗主様と同じことをおっしゃるなんて！　下僕いじめだ、うわーんっ」

雪瑛が泣いて訴えたところで、碧玉は欠片も気にしない。それどころか、けげんそうに眉を寄せた。

「何を泣いている。ただの事実だ。私はお前に性格を変えろとも、黙っていないと口を糸で縫い付けるとも言っていないだろう。何が不満なのか理解できぬな」

「え……口を糸で縫い付けるんですか。怖い……」

そこでをそれを思いつく碧玉の思考が恐ろしいと、雪瑛は震える。だが、思い返してみると、確かに碧玉は雪瑛に対して、無茶なことは何も言っていない。

碧玉は少しだけ口ごもり、言いづらそうにつぶやいた。

「天祐が留守にしていると、どうも静か過ぎて慣れぬだけだ」

「あ、兄上！　そんなに俺の不在を気にされておられたのですか！　うれしいです！」

天祐は感動して、碧玉に抱き着いた。だが、碧玉は冷たく返す。

「お前も雪瑛と同程度に騒がしいと言っているつもりだが」

「雪瑛と一緒にされるのはさすがに嫌です」

雪瑛はカチンときた。

(まったく、この義兄弟は！)

どちらも雪瑛を馬鹿にしているという点では、似たようなものだ。

碧玉は天祐の腕を掴んで自身から離すと、天祐をじろりとにらむ。

「それで？　私の行動について、雪瑛から聞き出すとはどういう了見だ。式神を使うのをやめたかと思えば、私の下僕を使って監視でもするつもりか？」

落ち着いた態度に戻っているように見えるだけで、碧玉はまだ怒っているようだ。話し方に刺《とげ》がある。

「兄上が探りを入れられるのがお嫌いなのは、承知しております！　申し訳ありませんでした。ただ、兄上がどんな風に過ごしているか聞けたのがうれしかったのです」

天祐は素直に謝って、正直に打ち明けた。

「どうしてそんなことがうれしいのだ？」

「好きな人のことは、何でも知りたいと思うものでしょう？　少なくとも、俺はそうです！」

碧玉は少しの間、沈黙した。首を横に振る。

「私はお前について知りたいとは、特に思わぬが」

「えっ、兄上、俺を好きな人だと認めてくれたんですか！　ありがとうございます！」

「……はあ」

再び抱き着いた天祐を放置して、碧玉は怒るのが馬鹿馬鹿しくなったようで、呆れの混じったため息をついた。

その一方で、雪瑛からは、碧玉の頬が赤いように見えた。もしかして照れているのだろうか。質問したら間違いなく怒られるので、雪瑛は口にしなかったが。

「話を戻すが、それでどうして雪瑛が私の姿に変身するのだ？　雪瑛、説明せよ」

「だって、宗主様、主様の話をすると喜ぶから、主様の姿になったらもっとうれしいかなって思って……」

「思って？」

「ひっ。も、もっとお菓子をくれるかなと思いました。ごめんなさい！」

碧玉のさらに深いため息が、上から降ってきた。恐る恐る見てみると、碧玉はこめかみを指先でもみほぐしている。

「灰炎、こやつの食事はそんなに少ないのか？」

「まさか。しっかりと与えておりますよ。それに、家臣や使用人がたまに菓子をあげているのを見ておりますから、充分でしょう」

この流れは分《ぶ》が悪いと踏んで、雪瑛はごにょごにょと言い訳をする。

「だって、山にはあんなに甘くておいしい食べ物はありませんでしたもの」

まるで食に飢えて卑しいかのように言わなくてもいいのにと、雪瑛が床を前脚でこすりながらいじけていると、突然、首裏のやわらかい肉をつままれ、椅子の下から引っ張り出された。碧玉が雪瑛を捕まえたのだと気づいて、雪瑛は緊張する。

碧玉は目の高さまで雪瑛を持ち上げ、静かな口調で切り出す。

「よいか、雪瑛」

「は、はいっ」

「今度また、勝手に私に化けて――否、他の人間でも駄目だ。天祐に無遠慮に触れようものなら、本当に毛皮にするからな。食べ物に釣られやすいその頭に、よく刻みこんでおけ」

碧玉の青い目が冷たく光る。本気の脅しだと、獣の直感が言っている。命が惜しい雪瑛はガクガクと頭を動かして頷いた。

「それから、三日間、粗食の罰を与える。これに懲りたら、少しは考えて行動するのだな」

「三日も、粗食……！」

「おい、分かったのか？」

「ひいっ。分かりました！　主様の許可なく、勝手に変化の術は使いません！　天地神明《てんちしんめい》に誓います！」

「……よし。では、こたびの不始末はこれで許そう」

碧玉はそう言うと、雪瑛を灰炎のほうへ投げた。灰炎はしっかりと抱きとめる。

「灰炎、そやつを部屋に連れていけ」

「畏まりました」

次に碧玉は、天祐を振り返る。

「天祐、言い忘れていたが、お前、やたらと獣くさくはないか。そのにおいが落ちるまで、私に触れるのは許さぬからな」

「はい！　後でお部屋に参りますね！」

「ふん」

碧玉は素直ではない返事をして、天祐の部屋を出ていく。

それを見送ると、雪瑛はひそひそ声で灰炎に問う。

「どうして今の言葉で、宗主様はうれしそうになさったんですか？」

これには天祐のほうが答えた。

「そんなの簡単だろう？　兄上は獣のにおいが落ちたら、触れていいとおっしゃったんだ」

天祐は今にも鼻歌を歌い出しそうな様子だ。あの言葉からそんな好解釈をできるなんて、いったいどういうことだと雪瑛にはちんぷんかんぷんだ。だが、先ほど碧玉が否定しなかったのを思い出すと、実際にそういう意味が隠れていたのだろう。

「あの、宗主様はわたくしに怒らないんですか？」

「余計な真似をしてくれたのは困るが。兄上があんなに嫉妬して怒ってくださったのを見られて、気分が良いから許すよ」

「ええっ、殺されかけたのに？　何でですか！」

本当にこの二人は意味が分からない。雪瑛の問いに、天祐は満面の笑みで答える。

「何でだって？　兄上が俺に向けてくれた感情は、どんなものでもうれしいに決まっているじゃないか。それだけだよ」

「えええええ」

雪瑛は前脚で頭を抱える。

「宗主様、雪瑛がお騒がせいたしました。これ以上はご迷惑になりますので、失礼いたします」

灰炎がお辞儀をすると、天祐はひらひらと手を振った。

天祐の部屋を出てから人気《ひとけ》が少ない所まで来ると、雪瑛は灰炎に問いかける。

「いったいどういうことなんですか、灰炎様。獣の頭では、お二人のことがさっぱり分かりません」

「そうだな。あれはまあ……恋は盲目というやつだな。あまり騒ぎ立てるな。他人の恋路を邪魔す雪瑛には難しかったので、そういうことにしておいた。

人間というのは、恋をするとおかしくなってしまうのだろうか。

「馬に蹴られるんですよね、分かりました！」

るとどうなるんだった？」


後日、罰の期間が終わると、雪瑛は碧玉の部屋への出入りを許された。

濡れ縁の陽だまりでまどろみながら、雪瑛は碧玉と天祐が話を交わすのを眺める。二人のやりとりは雪瑛にはどう見ても変だったが、次第にどうでも良くなった。

二人が幸せなら、それでいいのではないか。

（それにご機嫌だと、お菓子をくださるし）

人間が作るお菓子にすっかり魅了された雪瑛は、細かいことは気にしないと決めた。

そして二人が甘い空気を作り始めたら、昼寝をしているふりをする。

（だって、恋人達の邪魔をすると、馬に蹴られてしまいますからね！）